Enjoy

Solange Bied-Charreton

Enjoy

roman

Stock

Couverture Hubert Michel
Photo auteur : © Francesca Mantovani

ISBN 978-2-234-07108-7

© Éditions Stock, 2012

> *Stephanie says that she wants to know*
> *Why she's given half her life to people she hates now.*
>
> The Velvet Underground, *Stephanie Says*

C'est un homme qui regarde les femmes

C'est sur l'album en ligne qu'on pouvait le mieux les admirer. On n'avait pas voulu les toucher en vrai, on les avait à peine vues. Elles s'y mettaient à quinze sur les clichés, ou bien en solo pour la pose. Elles me plaisaient de revenir comme ça, doucement, que je puisse enfin les appréhender l'une après l'autre. L'album en ligne, partagé sur le réseau social, nous renseignait aussi sur leurs noms et prénoms. Il fallait voir les sobriquets exotiques, excitants, jamais vus, jamais entendus. Les mots rares, qui marquent. Les mots qu'on aime lire et relire. Le pique-nique était loin, son souvenir jamais aussi ardent que la mise en fiction sur écran, visible de tous, et réinterprétable à loisir. Les petites portaient des robes chatoyantes, le rendu des photos les mettait en valeur à merveille. Je me les repassais dans l'ordre et en sens inverse. Je n'en croyais pas mes yeux. Mes yeux, d'ailleurs, n'avaient pas vu ces filles ce soir-là. Ils n'avaient pas vu ces filles-là. Ils en avaient vu d'autres. Ils n'avaient rien vu du tout.

Puisse le déroulement d'un événement n'être jamais aussi poignant que sa relecture obtenue à l'aide d'un album virtuel. Puisse la vie n'être jamais la vie, l'amour jamais l'amour et la souffrance jamais la souffrance. Puisse le mensonge ou l'ignorance nous leurrer pour notre bien, nos rêves les plus fous ne jamais se réaliser. Je vivais inconsciemment de ces maximes idiotes, j'en buvais la sève, je me nourrissais au sein d'une mère sommeil indigne, jusqu'à ce qu'un jour je dérive et sorte de la torpeur qui avait, jusque-là, constitué ma vie. J'avais lu quelque part, avec l'amusement de celui qui ne comprend pas tout, un type théoriser sur les générations d'anarchistes que « la société de la réglementation » était en train de fabriquer. Je ne voyais pas de quoi parlait ce type. Ce qu'il décrivait n'existait pas, ni dans le réel ni sur écran.

À l'époque où débute ce récit, j'habitais en face de l'appartement d'une vieille dame. On ne savait rien sur cette vieille, juste qu'elle était vieille. Elle ne sortait pas de chez elle, jamais. On jugeait qu'elle avait dû faire un pari, du moins qu'elle avait tenu une promesse. Cette vieille était orgueilleuse, le genre à ne pas sortir de chez elle tant qu'on n'aurait pas enterré le maréchal Pétain aux Invalides. En moins politique : tant que les Beatles camperaient sur leurs positions et continueraient à mener leurs carrières séparément. Elle n'avait peut-être pas digéré la séparation de 1970. Cette vieille était-elle mélomane, sentimentale ? Non, cette vieille avait peut-être tout simplement un goût effroyable en matière de musique, du papier peint à vomir et des photos de son premier caniche plein sa chambre à coucher. On n'en savait rien. Une Portugaise dévouée lui faisait les provisions et le ménage deux fois par semaine, je l'apercevais depuis ma fenêtre secouer le tapis et passer l'éponge sur la toile cirée de la cuisine. Le reste, je l'imaginais. ⟶ *beaucoup D'IMAGINATION*

Nous nous partagions une cour d'immeuble. Je chérissais ce vis-à-vis. Il remplissait mes weekends d'événements majeurs et de joies irrévocables. Je la voyais vivre, sourire à sa fenêtre, arroser ses fleurs, pester devant une émission de télé, se déplacer du salon à la cuisine, se servir un scotch sans complexe. Un vrai roman-photo. Une bête curieuse, aussi. On ne m'avait jamais appris à m'intéresser aux vieux. Je les considérais au mieux comme des cactus, au pire comme des écriteaux. C'était des plantes vivaces que l'agressivité bombait d'une muraille, ou bien les simples vestiges presque morts et sans sous-titres d'une France et d'un monde passés. Des ruines

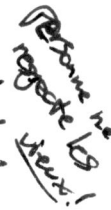
Personne ne s'occupe des vieux !

pittoresques auxquelles je n'adressais jamais la parole. Pas du mépris, de la méconnaissance. Mes grands-parents, qui logeaient dans ma tête comme en un panthéon de divinités païennes, étaient morts bien avant ma naissance. Lointains, impressionnants, à la bonté incertaine. Comme c'était le cas pour certaines populations étrangères, il me semblait que les vieux se ressemblaient tous. Je rapportais ça à ma mère, qui avait vécu au Sénégal dans les années cinquante. « Nuance, rétorquait-elle, tu les vois tous identiques parce que tu ne les connais pas personnellement. » Est-ce que j'étais raciste ? La discrimination était naturelle, on ne me permettait pas de connaître de vieux. Dans les transports en commun, les vieux devenaient des « seniors » ; on parlait des « aînés », aussi, dans des maisons de retraite rebaptisées « résidences services ». J'ai voulu dépasser ces tendances. La vieille dame est devenue mon amie virtuelle. En me mettant à l'observer nuit et jour, je me suis senti devenir meilleur.

J'imaginais sa vie. Elle avait dû être très belle à vingt ans, avec tous les hommes à ses pieds. Ces cheveux courts et bouclés, secs et sans couleur, avaient été longs et soyeux, parfumés, tombant sur les épaules. Ces mains qui tremblaient avaient su caresser. Ces jambes avaient gambadé sans canne. Son rire avait été sonore, sa voix profonde,

[Note manuscrite en haut : TOUT DANS SON IMAGINATION !!!]

sa gorge déployée. La vieille avait eu des enfants, au moins cinq ou six, avec trois hommes différents. Tous vivaient très loin de Paris, certains en Argentine, un autre en Australie. Ils lui téléphonaient, lui envoyaient de l'argent, mais ils ne venaient jamais la voir. Elle n'avait que Teresa, la Portugaise qui lui faisait les courses. La vieille n'avait pas eu besoin de travailler, ses maris successifs lui avaient tout payé, y compris l'appartement qu'elle occupait actuellement. Aujourd'hui, c'était les enfants qui alignaient. Elle mangeait, buvait, dormait. Elle circulait, lisait, cuisinait. Elle était toujours active. Elle était vivante. Elle était seule, elle était vieille, mais elle ne savait pas ce que l'ennui signifiait.

[Note manuscrite en marge : VIE TRÈS QUOTIDIENNE]

J'avais emménagé en face d'elle trois semaines auparavant, dans un édifice Art déco distingué du XVIe arrondissement de Paris, avec un vitrail dans la cage d'escalier et un ascenseur à battants. Tout comme la vieille, l'immeuble était vieux. On s'y sentait en sécurité. Il fleurait bon la cire et l'huile de lin, et l'antimite. Une odeur des temps passés, qui indiquait que ses habitants portaient chandails, tricots ou petites laines, qu'ils parlaient de congés payés et de costumes de bain. Cette adresse neuve était comme tout ce qu'on s'efforce de ne pas gâcher tout de suite. Peinture fraîche, absence de rayure sur un pare-brise, un jouet dans sa boîte, un instrument hi-fi sous film plastique, une succession d'anniversaires sans le blues de la continuité. J'étais moi-même nouveau, pièce de mécanique novice insérée dans l'immeuble comme pour y renouveler le terreau générationnel. Encore sous emballage.

Cet appartement me venait de ma marraine. Elle nous avait quittés dans des circonstances assez douloureuses. C'est ce qu'on disait pour parler du suicide, chez nous. Soixante mètres carrés, un couloir sans fin, le grincement d'un plancher vétuste, le tabac froid dont la senteur stagnait dans le vide, et au mur la marque de ces tableaux qu'on ne m'avait pas légués. Un appartement sans meuble. Et moi, un navigateur devant une terre vierge. Trois semaines avaient passé, un habitacle de carton et de polystyrène constituait encore mon living. Un sac de couchage en guise de couette gisait à même le sol, la moquette de ma chambre n'était pas encore déroulée. C'était les activités professionnelles ou la dispersion, ou plutôt le désir de ne pas gâcher ce moment unique dans ma vie : *l'installation*. L'installation me prendrait du temps, j'y prendrais plaisir, j'en prendrais grand soin. Je prévis mes week-ends déco, mes week-ends bricolage, mes week-ends excursion dans les grands centres commerciaux de banlieue. Pour les murs, j'avais acheté de l'enduit minéral, 100 % naturel, élaboré avec des produits bio (un composé d'argile et de silice extraits des carrières françaises), afin de réaliser ma décoration intérieure en toute sérénité. L'argile était un bon isolant, il ferait respirer les murs, atténuerait les bruits et régulerait l'humidité. Des pléiades de sites internet donnaient aussi des idées simples ou sensationnelles : simples pour le bon sens, sensationnelles un peu décalées. Ainsi j'appris tout seul à poser mes lattes de parquet (simple, bon sens). Je commandai des lattes de bois exotique sur un site d'importation brésilien (sensationnel, un peu décalé). Équerre de frappe et cale de bois à l'appui du marteau, la pose d'un parquet flottant à emboîtement automatique requérait de la technicité. On s'en sortait à condition d'être parfaitement linéaire.

<u>Un pécule, d'autre part, provenait de la même marraine, liquidité non négligeable pour mon emménagement.</u> Après avoir choisi mes voilages pour ne pas risquer, comme la vieille dame, d'être observé à mon tour, j'achetai des rideaux épais dans un grand magasin. Douze coloris étaient disponibles pour le modèle bâchette à œillets 250 × 140 cm que je convoitais. Je ne sus trancher pour le bleu canard qu'avec l'aide d'un expert. D'une toile bâchette de qualité, ils étaient lavables en machine à 40°. Les œillets, en acier nickelé, occupaient un diamètre intérieur de 4 cm. J'achetai le linge de lit et celui de toilette au même

endroit, ainsi que des plats de cuisson et divers ustensiles de cuisine. Les accessoires de salle de bains (rideau de douche, porte-savon, balayette pour toilettes et son support, et la fameuse « boîte de salle de bains », probablement destinée au linge sale) me furent vendus dans un kit thématique « bois au naturel ». J'en terminai avec la décoration en m'attaquant au secteur des luminaires : <u>lampe de table, lampadaires, abat-jour de suspension et appliques murales.</u>

Il me manquait les meubles. On pouvait tenir des semaines sans, à privilégier une toile bâchette ou un porte-savon. Cela ne posait pas de problème. <u>On pouvait encore dormir par terre et étaler ses affaires.</u> Ce n'était pas interdit par la loi, mais c'est devenu un peu inconfortable au bout d'un certain temps. En quittant le domicile parental, j'avais seulement embarqué une commode à demi déboîtée qui ne fermait jamais complètement. Je choisis mon mobilier sur le site internet d'une importante chaîne de magasins, réputée pour son bon goût et sa qualité à petit prix, qui proposait aussi la livraison à domicile : un canapé cinq places d'une assise de 44 cm, un fauteuil d'angle, tissu et pieds teintés foncé, de fabrication italienne, une table de salle à manger extensible en noyer, laquée, pouvant accueillir huit à dix convives, un miroir sur pieds doté d'étagères de rangement, un bureau compact avec

> ESPOIR POUR UN PARTENAIRE ??

quatre tiroirs en chêne massif intégrés, un petit meuble audiovisuel, une étagère de cuisine, une armoire simple mais sophistiquée comportant des tiroirs à amortisseurs permettant une fermeture silencieuse et sans à-coups, une bibliothèque, quelques récipients de rangement. Bien que célibataire, j'optai pour un lit deux personnes avec sommier latté, d'une généreuse dimension de couchage.

En banlieue proche, j'achetai ensuite un frigidaire à la dimension de mon habitacle. Formidable Bibendum, prodiguant glaçons et sorbets. Un lave-linge séchant, à hublot, d'une bonne vitesse d'essorage. Un lave-vaisselle encastrable, avec table de cuisson. Une hotte à îlot central. Un micro-ondes et une cocotte-minute. Une cafetière, un grille-pain, un presse-agrumes. Un wok, un mixeur blendeur, un simulateur d'aube pour des réveils en douceur. Un aspirateur à turbobrosse.

La décision de mettre en application mes projets a rapidement été suivie de l'ouverture, sur le réseau social ShowYou, d'un album intitulé *Emménagement dans mon appart*, rempli de photos annotées (date, objet, action effectuée) que j'ai choisi de partager avec tous mes contacts. Ces complices virtuels, proches ou moins proches, ont assisté semaine après semaine à mon établissement et ils ont trouvé cela convivial. Le début, le milieu, la fin. Le néant, le résultat. La nuit, le jour. Moi fatigué, moi soulagé. Moi sous tous les angles. Moi avant, moi pendant, moi après.

Les premiers retours ont été positifs et encourageants. En commentaire de mes clichés, on m'a tout de suite proposé des solutions pour la fixation des plinthes, l'extraction de l'ancien plancher, le maniement facilité de la scie sauteuse et, même, des suggestions musicales, le morceau idéal à écouter sur une échelle, quand on repeint son plafond. Théodore Zami, un collègue de travail, a proposé une compilation des Platters. Ma sœur a plébiscité The Killers. Louis Fournier et Enguerrand Greyse, des camarades de promo, m'ont conseillé *L'Homme à tête de chou*, de Serge Gainsbourg. « Aussi hypnotique que ton enduit. Teste, Charles, tu verras. » J'ai appliqué à la lettre tous ces conseils successifs. Week-end après week-end, l'album photo en ligne *Emménagement dans mon appart* est devenu une activité à part entière, aussi importante, si ce n'est plus, que l'emménagement dans mon appart.

   Les commentaires de Théo Zami ont également porté sur la peinture des toilettes : « Pas assez lumineux pour une pièce aussi petite ! » ; sur les dimensions de mon lit : « Ma parole, c'est un lit trois places ! » ; sur la réfection de mon plancher : « Quel courage Charlie, et tu as fait ça sans coup de main ! » L'œuvre a pris forme. Au bout de trois semaines, le roman-photo comportait soixante prises de vue. J'y mettais tout mon cœur et m'y montrais sous des airs tantôt enthousiastes, tantôt exténués. J'y exposais mes paires de draps, mes couverts à salade, les petites plaies aux doigts que m'avaient laissées les échardes du nouveau plancher. Mise en branle d'un projet qu'il s'agissait surtout de ne pas achever trop vite, exposition dont les angles de vue ont ravi l'assemblée de mes contacts sur le réseau. Les uns m'ont jalousé : « Dis donc, toi, tu t'embêtes pas, dans le XVIe » ; d'autres m'ont plaint : « Mon chouchou, ça doit pas être facile de faire tout ça tout seul » ; certains ou plutôt certaines n'ont commenté que les photos où j'apparaissais en bleu de travail, torse nu ou en marcel. J'ai voulu apparaître calé en habit de chantier, ivre dans l'effort, dans une dynamique entrepreneuriale.

ShowYou était le réseau social le plus important du monde. Il avait explosé l'année précédente. On pouvait aisément dire que tout le monde y était, sauf les personnes qui n'étaient pas dans le coup et bien que ces gens représentent en réalité la majeure partie des habitants de la planète. J'en étais, ou socialement je serais décédé. On y retrouvait ses anciens camarades de classe, sa voisine de palier de la petite enfance, une cousine lointaine vue cinq fois entre neuf et douze ans, son professeur de mathématiques de seconde, l'ex d'un ennemi, à laquelle on pouvait donner des rendez-vous galants, même pour rien, pour se venger, juste. On renseignait sa page « infos » avec date de naissance, opinion politique, religion si on en pratiquait une, couleur préférée, citation phare et orientation sexuelle. ShowYou permettait de partager ses albums photo et de les commenter. Mais comme le nom l'indiquait, être sur ShowYou c'était d'abord montrer ce qu'on était. L'impératif du système y résidait et ça se passait sur l'onglet « ShowRoom » du compte d'utilisateur. La règle était : une vidéo de soi par semaine à envoyer sur le réseau.

Les administrateurs (les « admins ») élisaient tous les sept jours la meilleure vidéo par pays et par ville. Édouard, un ami du primaire, avait gagné pour Paris l'année précédente. Il avait filmé sa rupture sentimentale. Sa copine lui avait claqué une porte dans la figure, il avait saigné du nez, s'était montré en train de se soigner et puis en train de pleurer au téléphone avec sa sœur. Du reste on pouvait rire ou fondre en larmes, se lamenter, apprendre ses cours, dormir, faire du découpage, de la cuisine, de la varappe dans son salon, tourner des scènes de plein air, ses aventures avec son cerf-volant, avec son poisson rouge, avec sa mère, se filmer au ski, dans les douches d'un vestiaire de sport (on avait le droit à la nudité, on avait le droit de tout faire pourvu qu'on se filme une fois par semaine), se filmer en train de faire de la musique, de faire l'amour, de peindre, de se parfumer. On choisissait son jour de la semaine au moment de l'inscription, et on s'y tenait. Aucune seconde chance, les malheureux qui oubliaient ou qui ajournaient étaient immédiatement exclus du réseau. On se filmait comme on voulait, mais on le faisait. C'était la seule condition : fournir à ShowYou sa vidéo hebdomadaire.

Pour ce faire, il ne fallait à l'utilisateur qu'une caméra, même de mauvaise qualité. Les webcams et autres téléphones portables 3G constituaient l'ordinaire du matériel des troupes. On chargeait ainsi, *directement du client au serveur*. Certains frimaient, s'offraient des engins de professionnels, multipliaient les effets, les montages. La plupart se contentaient de peu. Les moyens réduits, le homemade avaient un certain charme. Il rappelait la mode du lo-fi au début des années quatre-vingt-dix, ces groupes qui enregistraient leurs morceaux dans des salles de bains, dans des chambres d'hôtel, sur des 4-pistes minables, qui faisaient la joie des ingénieurs du label Sub Pop. Je ressassais cela, mes vieux souvenirs d'écoute, mes passions rebelles. Quinze années séparaient ces différents bricolages. Avant d'avoir pu m'acheter mon premier radio-CD, un grand cousin chevelu du côté de ma mère m'avait fait découvrir, enfant, la musique grunge sur un magnétophone. Quinze ans plus tard, je n'hésitais pas à m'équiper d'un caméscope à zoom optique 35 × et zoom numérique 1000 ×, avec stabilisateur d'image électronique, balance des blancs automatique, au fabuleux rendu d'un million de pixels.

J'avais bien conscience que je faisais partie des privilégiés. Les utilisateurs en provenance des pays émergents payaient très cher leur maintien sur ShowYou. Ils s'échangeaient de piteux appareils téléphoniques, volaient des webcams, ou trafiquaient de vieilles caméras récupérées dans les studios d'enregistrement de chaînes de télé. Au printemps dernier, la presse française avait levé le voile sur ce curieux trafic. Tous les jours, de jeunes Indiens, de jeunes Tunisiens, de jeunes Brésiliens dévalisaient des enseignes de télécommunication. Ils s'organisaient, se regroupaient en gangs, voulaient survivre sur ShowYou. Ils se refilaient leur caméra, ce précieux outil de survivance sur le réseau, comme des junkies leur seringue. Pouvoir en être, pouvoir y goûter. Mais cela avait un prix. Dans quelques pays du Proche-Orient, certains jeunes gens entraient en geôle comme dans les ordres, par vocation précoce. C'était le choix d'une vie, ils savaient ce qu'ils encouraient. À droite comme à gauche, on s'était indigné et on avait crié au droit au loisir. On pouvait accuser ShowYou de fomenter ces destins de victimes, ou au contraire crier aux voleurs, à l'anarchie : le gouvernement aurait le dernier mot. On avait beau organiser des rassemblements au Trocadéro pour la libération de Yassine Sabrat (dix-huit ans), de Fadela Arfaoui (vingt et un ans), de Soufiane Tahar (seize ans), on savait qu'ils ne sortiraient jamais de prison.

Nul besoin d'être pauvre : on pouvait être malade, incapable de se filmer pour des motifs physiques. La menace d'exclusion pesait sur tous les utilisateurs, aisés ou démunis. La règle était la règle. En dernier recours, les admins acceptaient les certificats médicaux, prouvant qu'on n'avait pas eu la faculté de réaliser sa vidéo de la semaine. Cependant, la difficulté des démarches pouvait décourager celui qui entendait échapper à son devoir hebdomadaire. Ce n'était pas sur la page « nous contacter » qu'on trouvait l'adresse e-mail où envoyer le certificat, elle était cachée au milieu d'un paragraphe d'informations légales. ShowYou avait pour sa défense que ses membres acceptaient les « conditions d'utilisation », au sein desquelles l'adresse avait été enfouie. Or on ne lisait jamais les « conditions d'utilisation », on se contentait de cocher la mention « j'accepte ». Ensuite, la perspective du scan d'un certificat pouvait en rebuter certains, qui renonçaient pour raisons pratiques. On n'avait pas toujours un scanner chez soi, on était obligé de le faire au bureau, mais si l'arrêt maladie nous clouait au lit, c'était sans solution. Et puis, qui aurait l'audace, se paierait la honte de déroger au rituel ? Les rumeurs de mort ou de contamination par le VIH allaient bon train. Si on

"a certain soulagement"

ne se filmait pas, c'est qu'on avait une excellente raison de ne pas le faire. Alors, même alité, plâtré, drogué, on s'y collait. Avec joie, et un certain soulagement de rester dans le réseau. Dans le monde.

Autre page remarquable sur ShowYou, celle des événements, des « events » à venir, qui organisait pour moi et malgré moi mes loisirs. Survenait une inversion des moyens et des fins, une perte de pesanteur : des events apparaissaient sur ma page à events plus vite qu'ils ne se déroulaient. On n'aurait pas la possibilité physique de participer à trois événements par soir, et pourtant c'était là, et apparemment initié par des gens qui se connaissaient entre eux, qui pouvaient déduire, de la page saturée d'events, cette impossibilité physique. Le temps ou le lieu ne comptaient pas. L'existence non plus. Y être, en être, faire, rire, faire rire, vivre, boire ne comptaient pas. Il était bon d'avoir de l'event en réserve, tout simplement. De cocher la case « oui », « non », « peut-être ». On accomplissait une performance. Déjà, on participait. La page à events devenait l'événement lui-même.

Pour celui-ci, j'aurais fait une exception dans mes travaux pratiques, et dans la confection de mon album photo : c'était l'anniversaire de Charlotte, une fille que j'avais connue pendant mes années d'école de commerce. Charlotte était étudiante en communication. Nos deux

ShowYou vous permet de faire des choses qui sont physiquement impossibles écoles étaient mitoyennes, dans le quartier de République. Après obtention de mon diplôme, j'avais gardé contact avec elle et deux de ses copines, via le réseau. Charlotte, Perrine et Laetitia, clique infernale de chevelures en rigoles, nids à troubles sentimentaux, filles du temps, me contaient leurs mélodrames, s'étonnaient de ma léthargie, m'imaginaient homosexuel, peut-être. J'aimais les écouter vivre et déblatérer. Pour rien au monde je n'aurais consommé sur place. À emporter non plus, d'ailleurs. C'était mon indicatif, le seuil de tolérance. Une animation de samedi soir.

Je les appelais et je leur demandais leurs « plans », quand elles ne m'avaient pas déjà donné rencard sur ShowYou. Ce soir-là, Charlotte avait organisé un pique-nique au Champ-de-Mars pour son anniversaire. Tout le monde organisait des pique-niques au Champ-de-Mars, aux beaux jours. Charlotte était plus douée, en ce qu'elle y organisait son anniversaire. J'ai voulu prendre en compte l'effort d'originalité. En parcourant la foule sans reconnaître personne, je me suis trompé de groupe de pique-nique deux fois avant de trouver Charlotte et les autres. De sages groupuscules d'extrémistes bourgeois organisaient leur réunion bimensuelle sur les pelouses du Champ-de-Mars. Ils portaient tous les mêmes chemises et les mêmes tennis à la mode, s'affublaient des mêmes groupies, et jusqu'aux paquets de cigarettes, qui étaient les mêmes, on distinguait mal ce qui n'était pas eux et ce qui leur était propre. Les éclats de rire et les plaisanteries convenues indiquaient qu'on avait affaire aux rebelles de classe. Les cools, ou les plus téméraires, qui se révoltaient sur une aire de 20,5 % d'un diamètre de loisir réglementé de l'intérieur. La théorie des 20,5 % m'avait été enseignée par un observateur de trempe, en école justement, qui ne s'y était jamais fait d'amis. Il soutenait que les bourgeois s'éclataient dans 20,5 % de possibilités d'existence, pas plus, pas moins, mais chaudement. Pas de quoi casser des briques, renverser une baraque à frites ou vraisemblablement brûler des voitures. Au reste, j'étais de leur race, bourgeois aussi, mort de rire pas même sur 20,5 %. Je devais être bizarre, ou mal fait.

– Il y a de la bière, du vin blanc, du vin rouge, du soft : Coca, Gini, jus d'orange. Tu te sers, *help yourself*.

Un gros m'avait adressé la parole. Il s'appelait Fred et d'autres types appelaient « Fred, Fred ! » en riant, à l'autre bout des 20,5 % de la parcelle de rébellion. Fred choisissait dans un cube de polyester des morceaux de poulet mariné qu'il trempait ensuite dans de la sauce tex-mex. Il faisait gicler sa bière et dépasser son ventre du pantalon. Il travaillait dans l'événementiel et ça lui plaisait d'organiser des events. Il parlait de politique et du goût incroyable d'un nouveau soda à la cerise. J'avais écrasé des cacahuètes sur le gazon pour atteindre les filles. J'en croisais d'autres en tenue légère, accompagnées de leurs cavaliers. Les copines m'avaient accueilli en gloussant. Charlotte aurait souhaité une arrivée aux flambeaux sur le Champ-de-Mars. Faute d'en avoir eu le droit, elle avait allumé de petits candélabres en bordure de la nappe du pique-nique, et dont la cire se répandait maintenant sur l'herbe. Certaines personnes, qui discutaient assises, en ont modelé de petits bonshommes, d'autres en ont sciemment laissé couler sur leurs chaussures. Après qu'un incendie de paquets de chips a été évité de justesse, on a escamoté les bougeoirs. C'est à ce moment qu'est apparu dans mon champ de vision un immense gâteau au chocolat, ganache et chantilly, éclairé lui aussi de bougies, mais plus petites, au nombre de vingt. On a entonné « joyeux anniversaire » et puis débouché du champagne. Charlotte a eu les larmes aux yeux. J'ai applaudi, moins les vingt ans de Charlotte que l'impeccable enchaînement des événements. Des events.

J'étais rentré par la ligne 6 attrapée à La Motte-Piquet, et descendu à Passy. J'avais rejoint le 49 rue Bois-Le-Vent, où j'habitais. De l'autre côté de la cour, ma vieille dame n'avait pas éteint. Je la voyais occupée à lire des magazines, à parler à son chat, à passer de pièce en pièce, à déplacer des objets. Sa présence rassurante m'avait apaisé. À minuit, on était déjà dimanche, et le dimanche était le jour de ma vidéo hebdomadaire. En dépit de l'event majeur de la soirée, je choisis de consacrer le film à l'état actuel de mon appartement.

Creepy!

— Vous constaterez sur ces images que tout est à sa place maintenant, ou à peu près, et je n'en suis pas peu fier : aujourd'hui, je me suis occupé de monter l'étagère au-dessus de mon lit, que voici. Les petits problèmes de canalisation des W-C devraient être réglés dans la semaine et les mauvaises odeurs bien vite dissipées. Pour le reste, je vous laisse admirer les finitions d'ensemble.

J'orientai la caméra pour qu'on puisse bien se rendre compte. La senteur du neuf enrayait à présent les relents du tabac froid de ma marraine qui m'avaient pris à la gorge à mon arrivée, j'en fis le commentaire à défaut de pouvoir en témoigner directement. Les objets inédits parfumaient, enchantaient, égayaient. Les rideaux étaient montés, la poubelle en alu à sa place dans la cuisine (achat tardif aux couleurs de l'Union soviétique, une poubelle rouge à faucille et marteau), le petit meuble audiovisuel attenant à son téléviseur, le porte-savon accueillant son savon. J'envoyai illico la vidéo sur ma page ShowRoom.

Sur le réseau, certains participants avaient déjà chargé quelques photos de l'anniversaire. Je découvris avec curiosité ces prises de vue, neuves comme mes objets, immédiates comme mon film. La lumière, d'abord, m'enchanta. Je n'avais pas vécu la fête sous cette lumière-là. La nuit tombée les bougies avaient dessiné nos visages anguleux, parcellaires, en ombres chinoises ; sur l'écran le plat des membres était visible et charnue la chair, plus réelle qu'en direct. Les appareils photo étaient désormais munis de ces yeux qui dépassaient nos facultés, jusqu'à les améliorer parfois. Celles-ci se résignaient alors à compléter la technologie. On mesurait mal tout ce que le prodigieux logiciel d'un appareil dernière génération donnait à vivre a posteriori. Les couleurs réchauffées, les noir et blanc, les miniatures saturées à la Warhol, les effets d'hyperréalisme, autant de procédés de bonification du monde. À l'aide d'un flash, du dosage subtil des machines, on perçait la vérité des jeunes gens et des jeunes filles qui s'étaient retrouvés ce soir-là sur les pelouses du Champ-de-Mars. Les filles, surtout, marquaient. Leur vision n'avait pas de prix. J'étais envoûté par l'étalage de leurs charmes et leurs sourires, la magie de leur présence-absence. Leurs cheveux, leurs tenues légères. Je me nourrissais de leur beauté sur écran, de la sensualité qu'elles faisaient poindre. Avaient-elles été si nombreuses et si belles ? Aurais-je dû les aborder ? À vrai dire pas, car je ne les aurais jamais si bien connues, et sans doute si bien aimées.

    Peut-être que je fantasmais, dans l'obsession de ces corps, l'album de photos comme un hommage exclusif aux filles de la soirée. Je n'y apparaissais moi-même qu'une seule fois en second plan, dans un fond brouillé, pour l'effet de mise en valeur. L'envie de les aimer, de les toucher, d'en être proche montait dans la nuit sourde. Ces filles à robes soyeuses et repassées, certaines froufroutantes, j'avais maintenant envie de les connaître et de les embrasser, je les aurais toutes accueillies dans la généreuse dimension de couchage de mon grand lit à sommier latté. Mais pourquoi n'avoir pas voulu d'elles au moment où j'en étais le plus proche ? Fred, la soirée, les 20,5 % avaient été pour moi l'exacte vision de l'enfer sur terre. Pour quel paradis le regretter ? Le paradis était là, sur écran. Je n'en croyais pas mes yeux. Mes yeux, d'ailleurs, n'avaient pas vu ces filles ce soir-là. Ils n'avaient pas vu ces filles-là. Je me les repassais dans l'ordre et en sens inverse. Au reste personne ne les avait touchées. On n'avait pas voulu les toucher en vrai, on les avait à peine vues. C'est sur l'album en ligne qu'on pouvait le mieux les admirer.

→ « LE PARADIS ÉTAIT LÀ, SUR L'ÉCRAN »

Les gens sans histoire en engendrent pourtant de belles. Dieu ou Freud savent comme moi combien il est utile de se référer aux atavismes pour s'expliquer comment un individu devient ce qu'il est. Le visage fermé, la bouche hautaine, mon père était irrévocable dans l'art du tourment. La nausée me venait toujours la veille au soir, le jour tombant, lorsque le lendemain j'avais un déjeuner de famille. La gentillesse de ma mère ne compensait rien, la légèreté de ma sœur ne comptait pas. La nausée, le tourment de l'âme, rien que de voir son visage. On ne maîtrisait rien de ses allées et venues. Il nous quittait parfois des semaines entières pour se rendre aux US travailler sur des *dossiers sensibles*. On ne savait jamais quand il partirait ni quand il reviendrait, ce qu'il faisait au juste comme métier. Il était l'acteur d'une mission secrète dont tout le monde au fond se fichait. J'avais l'âme barbouillée de le revoir chaque fois. Arrivée l'heure de la confrontation, je vomissais ma trouille et ravalais l'âme aussi sec.

C'était tout le contraire de la douceur de vivre. J'en éprouvais le revers de manche, rugueux et traître, ces jours d'épiphanie du tracas. Je me présentais à lui le cœur chargé de présents (solitude, orientation professionnelle hasardeuse, peur de l'avenir, gueule de bois). Mon père n'en acceptait aucun. À cette époque, j'étais encore à la maison. Je me demandais quoi faire et comment faire. Comment faire quoi. La stagnation bourgeoise, la sortie des écoles privées, le nom des parents n'aidaient que peu. La réussite mystérieuse de mon père me renvoyait à mon abattement sans mystère. Lui qui savait comment faire quoi ne délivrait pas d'enseignement. Comment et quoi faire ? Comment et quoi dire ? Il faut les dire, pourtant, ces moments sans mots sans direction sans âme.

Le plat du dimanche, c'était le gratin dauphinois. Maman le réussissait convenablement, comme tout ce qu'elle entreprenait. Ma sœur ne voulait jamais se resservir, par peur de prendre du poids. Nous finissions, mon père et moi, en grattant le plat. Le gruyère accrochait tandis qu'en présence mutuelle nous flottions comme deux fantômes s'ignorant. Les fourchettes à

> SYNESTHÈSE

l'entrechoc ne nous prouvaient rien de notre appartenance commune à cette famille, nous avions juste faim ensemble. Moi je regardais le silence. Le mobilier Louis XV, l'argenterie dans la vitrine, les timbales de baptême, les gravures absolument vieilles, les photos de cousins jamais vus aux dents qui manquent, l'énigmatique déroulé des prises de vue, idiot, d'un lac de barrage éclairé noir et blanc par un soleil de 1961. La chaîne hi-fi conçue par des ingénieurs précis et teutoniques, qui avait le don de transformer la musique de chambre en Blitzkrieg. Les aiguilles d'une horloge obèse qu'on faisait remonter une fois l'an par quelqu'un dont c'était encore le métier. Toutes ces choses d'un salon de gens de « bonne naissance », soucieux de l'histoire et du patrimoine, et dont les jeunes qui parlent à leur père se foutent, quel que soit leur goût commun hypothétique pour l'antiquaille et la chouannerie.

De quoi parle à son père un jeune homme qui parle à son père ? Qu'est-ce qu'une conversation de père, une *conversation paternelle* ? Ça doit être universel mais ça m'échappe. Le critère n'est pas social, l'empêchement est psychologique. Voilà un point : je regardais le silence qui me posait ces questions, mais le silence, posant les questions, me demandait, à moi, les réponses. Mon père était ce silence plein d'objets dont on ne parlait même pas. Il était les meubles et leur poussière, les photos idiotes, le malaise, le gratin dauphinois qui accrochait. Gratin que, de concert, je devais être pour lui, là, ce dimanche de nausée. Jeu de balle névrotique au sein duquel je constituais son propre miroir de non-dits, accrochant le regard. L'émotion ne passait pas. À 14 heures, ma mère et ma sœur avaient quitté la table depuis longtemps. « Charles et Patrick, on vous laisse finir le plat. » Elles devisaient à présent de ces sujets sans importance qui font la vie petite et rendent les femmes hystériques, à l'autre bout de l'appartement. On entendait cela, le cœur commun serré. La vie se dérouler petitement mais bien là, et nous morts à notre présence mutuelle. Le plat fini, nous étions seuls avec les objets qui parlaient pour nous. La vue se dégageait sur l'hôtel Concorde Lafayette, dans ce quartier résidentiel cossu cafardeux, ces habitacles au demeurant peu enviables. Les trains ne passaient plus sur la Petite Ceinture, bien avant ma naissance déjà. Rien à déclarer. Des vieux mouraient peut-être sur le boulevard Pereire, d'avoir traversé en dehors des clous, d'un mauvais dosage, de la prescription malhabile d'un étrange breuvage uniquement délivré sur ordonnance. Ces vieux, qui raffolaient de pâtes de fruits (à cette époque, j'avais tout un tas d'a priori sur les vieux). Le pharmacien faisait des affaires. Le confiseur, le gantier, le fleuriste faisaient des affaires. Les pompes funèbres faisaient des affaires. Tant pis tant pis tant pis. Nous, nous étions le gratin. Gratinés à point, gratinés de la cervelle. Rien à ajouter.

[annotation marginale : seulement le silence]

S'il faut trois générations pour fabriquer un schizophrène, il n'en faut guère que deux pour fabriquer du romantique en crash test, du déviant, de l'imaginatif passé aux travaux pratiques. Il arrive même que la génération d'avant préfigure consciemment, par les directions qu'elle donne à sa vie au moment de sa préretraite, l'individu second qui sortira des rouages. Dans ce cas précis s'opère au sein de la personnalité du paternel une transformation visible et non moins profonde qui déculpabilise le fils, entrant alors en outing contre la morosité d'une existence que son éducation aura pourtant présentée comme séduisante, imposée comme la voie du salut, plébiscitée comme une sortie de labyrinthe. Le père découvre sur le tard que cette sortie n'est qu'un cul-de-sac ou, pire, que ce labyrinthe qu'il chérissait n'est qu'un buisson ardent. Il brûle de sortir, le plus souvent intérieurement. Il s'immole en jardinier mélancolique. SPLEEN...

Avant son accident, mon père était un petit chauve de soixante-quatre ans sévère et engoncé. Il s'était rendu sévère et engoncé contre l'époque. Il était devenu, dans les Swinging Sixties, l'agent secret de la dépression nerveuse. Infiltré en milieu festif, et malheureux parmi d'autres baby-boomers, il n'avait pas eu de jeunesse connue. Il avait su passer habilement entre les mailles du filet, préparé minutieusement son ennui d'adulte comme la cérémonie de son propre enterrement. Il avait rencontré ma mère à l'aumônerie de la fac, sans doute, elle avait dû le consoler, lui dire que ce n'était pas grave de s'enterrer à vingt-cinq ans, sans pour autant le pousser vers une quelconque fantaisie de subversion ou, puis-je l'écrire, de bonheur, de bien-être. Elle avait aimé son mari constipé, conducteur de Mercedes, branché sur France Info (les actualités rassuraient, même les pires, surtout les pires : on pouvait faire pire que ça nous était bien égal, si nous on était sains et saufs), rasé tous les jours, en cravate le samedi, le dimanche catholique et paroissien par devoir, quasi par dolorisme (ce qui justifiait à ses yeux le christianisme : c'était bien une religion où il fallait se forcer, comme Jésus au Golgotha, tu crois que ça lui faisait plaisir à lui peut-être ?), ne riant que jaune, pour des motifs pas drôles de place de garage et de licenciement économique la plupart du temps. Un rire effrayant, qui s'effrayant lui-même, redoublait d'effroi.

Patrick Valérien avait pourtant été l'habitant d'un pays aux contours chatoyants, dont on vantait avec mélancolie la douceur de vivre et l'art populaire dans les chansons de variété, les romans de gare, et dans les reportages mélodramatiques d'hebdomadaires sur le destin brisé de Françoise Dorléac, la jeunesse de Stefano Casiraghi, la montée politique de Jacques Chirac ou l'exploitation du talent de Mike Brant par le grand capital. Les jeunes y roulaient en mobylette (en *mob*) et ils écoutaient Michel Delpech sur un pick-up. J'aimais toujours ce qu'on nous disait, dans ces longs articles agrémentés de photos-souvenirs au grain épais, du pays du pick-up qui avait vu naître et grandir malgré lui Patrick Valérien. Les journalistes activaient un champ magnétique d'anamnèses euphoriques, montraient ces visages à moustaches ou ces corps à jupes longues comme autant d'animaux d'une réserve atlante, dont on ne savait plus s'ils avaient réellement préfiguré notre humanité moderne et numérique. Nous apparaissions différents, d'une race propre et d'une terre sans haine, mais en proie à l'ennui, livrés au désœuvrement, comme rassurés par effet de mode.

Mon père bafouait ses contemporains à cigarettes et à moustaches. Il ne les avait jamais connus. On n'avait jamais trouvé de photo de Papa avant son mariage. Et quand bien même, ce n'aurait pas été lui, c'eût été un autre, sans doute. Ce n'était pas sa faute, ce n'était pas vraiment ça, pas vraiment lui, cette époque ridicule. Pour sa défense, il conservait ce 33-tours de Jean-Sébastien Bach qu'il avait acheté à quinze ans avec son premier argent de poche. Ce trait de jeunesse, le seul connu, revenait souvent dans d'obséquieux monologues concernant *L'Art de la fugue*. Bach était une idole absolue, on devait tous tout à Jean-Sébastien. Nous nous fichions, quant à nous, de lui devoir quelque chose. Reste pourtant le fait du 33-tours : pour quelle raison privilégier Bach à tout autre artiste dans un magasin de disques en 1963 ? Ce 33-tours ne prouvait qu'une chose, c'est que Patrick avait vécu toute sa vie dans un espace-temps. Si une telle confédération mentale hisse fièrement ses couleurs, ignorant tout des Kinks ou de Bob Dylan, mon père avait seulement su transmettre de l'incompréhension. Sa réussite existentielle était de n'avoir pas été compris. Au cours des différentes années de sa vie, le pays du pick-up (du walkman, du discman, du lecteur MP3, etc. : ce n'est pas un pays fini) s'était étendu tout autour de sa principauté. Il pétaradait la modernité. Les frontières en demeurèrent pourtant inviolées, Jean-Sébastien Bach par retour de feu en bombarda tous les jours, jusqu'aux postes douaniers, un hymne national monadique à l'intérieur de son casque stéréo. Nous ne l'entendîmes pas, et Papa non plus le reste du monde.

✳ *LE VRAI ESSENTIEL* ✥

La douceur fantasmée de ses années de jeunesse contrastait avec la dureté de son caractère. Au regard de la série télévisée *Dallas*, dans les manuels d'histoire pour le bac, entre la page sur la guerre de Corée et la page sur le choc pétrolier, on nous en parlait comme d'une ère de bien-être, de pétrole et d'argent américain, dont l'incommodante tour Montparnasse, qui sévissait dans le quartier du même nom, était le symbole. La télévision passée du noir et blanc à la couleur pouvait même constituer, dans l'esprit d'un enfant de dix ans, une félicité de premier ordre. Il y avait du religieux dans ce mystère de l'amélioration du monde. Mon père avait avalé ces décennies de travers, et celles d'après, de force. On ne s'expliquera pas, par ces lignes, les causes de sa rigidité, on s'échinera uniquement à exposer le contexte euphorique et la réaction contre-euphorique qu'il développa. Des Trente Glorieuses, il avait gardé les dents serrées, comme après un divorce ou le suicide d'un ami. Un antibiotique gobé de force, une pilule contraceptive rendant impossible la régénération des rêves, quelques joies avortées, des cigarettes jamais achetées, jamais fumées, jamais consumées dans le cendrier que lui avait offert sa fille en maternelle à l'occasion de la fête des Pères dans les années 1980. Mon père était devenu, devenu, devenu, dans sa monade. Devenu quoi et comment ? Qu'était-il au fond devenu

Il ne sait vraiment pas ce qu'il est devenu !

d'autre qu'un vieux con qui demandait quoi et comment à son miroir filial devant le gratin dauphinois du dimanche ?

Un matin du mois d'avril dernier, il s'est passé quelque chose d'étrange. Nous l'avons retrouvé nu sur la terrasse de notre appartement à essayer d'attraper les pigeons. Nous n'avons rien compris, nous n'avons pas cherché à comprendre. Maman, ma sœur et moi avons tenté de le persuader de renoncer à sa lubie soudaine. Devenir fauconnier nécessiterait de retourner au Moyen Âge et il ne le souhaitait pas, n'est-ce pas ? Il ne nous a pas écoutés et il a enjambé le balcon. Maman est tombée dans les pommes. Papa a déambulé à poil un petit moment sur la rambarde. Les voisins se sont rincé l'œil en rigolant. Nous avons appelé les pompiers, qui lui ont donné un peignoir. Les urgences s'en sont mêlées. On a voulu l'immobiliser. Je n'ai pas déploré l'événement, j'ai eu l'impression qu'il respirait pour la première fois de sa vie. *Il respirait pour la première fois !* Il a demandé un pick-up, il voulait rentrer au pays. Et puis il répétait « À boire j'ai soif, à boire j'ai soif ! » sans raison, comme ça. Les analyses pratiquées à l'hôpital ont confirmé ce que nous pressentions : Papa n'avait pas bu d'alcool ce jour-là, juste un peu de San Pellegrino. Rien d'alarmant. Il ne cherchait pas non plus à ce qu'on lui en donne. S'il en avait voulu, il serait tout bonnement allé en chercher dans son minibar. Il y conservait des flacons d'un whisky très cher et très ancien, qu'il n'avait jamais ouverts. Mais tout était chez lui, la présence à la maison de litres d'alcool comme le reste, en vitrine de lui-même, là pour le rassurer. Je m'étais aussi demandé, à cet instant précis, pourquoi il avait eu une tête, des bras, un sexe, une voix. Devenu, devenu, devenu. Patrick Valérien n'était rien devenu. Il n'avait servi à rien. Et maintenant, il le criait de douleur, dans sa démence. Il avait soif !

On le plaça dans un quartier capitonné de foldingues à l'intérieur de l'hôpital psychiatrique. Les fous avaient l'air d'être des gens sympathiques mais ils riaient un peu fort. Certains étaient pourtant appliqués, silencieux, intellectuels. Le voisin de cellule de Papa, par exemple, était un homme assez jeune, trente ans pas plus, qui revenait d'une cure de sommeil de six mois après une rupture sentimentale. Il se targuait de connaître Dieu personnellement. Omniscient de surcroît, Tobias avait peur que les journalistes viennent le harceler pour lui piquer ses scoops. « Les gens de Radio France ? disait-il, ce sont les pires, de véritables rapiats. » Quand Papa fut capable de sortir de sa chambre sans vouloir attraper les pigeons, nous nous promenâmes dans le parc de l'établissement. Il piétinait dans les massifs de fleurs, je l'aidais à manger ses barquettes à la fraise sous un saule pleureur qu'il appelait « cabane ». Papa était mort vivant. Je ressentais cela comme un soulagement et aussi comme une tristesse. Qui vengerait Papa de sa vie cafardeuse ? Qui si ce n'était moi ? J'étais le fruit du désastre, l'individu de la deuxième génération qui ne s'avouerait pas vaincu. Bien sûr, je ne me le formulais pas encore. Par la suite, j'aurais repensé à cette mort du vivant. J'aurais réveillé le moribond, vécu et formulé à mon endroit le concept de vie du mort. Ma vie commencerait bientôt.

Après l'accident mental de mon père, notre famille est d'ailleurs décédée. Maman est retournée vivre en province, chez sa meilleure amie du collège. Toutes deux se sont spécialisées dans la vente par correspondance de récipients en plastique. Ça a plutôt bien marché. Ma sœur est partie en Égypte rejoindre son petit ami Brian, qui était attaché d'ambassade au Caire. Moi aussi j'ai fait mes cartons : profitant du suicide de ma marraine, je suis venu occuper son appartement, rue Bois-Le-Vent. Il était temps que je décampe, Papa me l'avait assez répété, « tu dois prendre ton indépendance ». J'aurais voulu lui raconter qu'enfin je l'avais fait, et qu'il soit fier de moi, mais il ne parlait déjà plus ma langue.

La mort au monde de Patrick Valérien, son internement, n'a pas pris autant de place qu'on l'aurait cru dans ma vie. Pas les premiers mois, en tout cas. Sans doute parce qu'il n'avait jamais vraiment existé. Jusqu'à la mi-septembre, mes journées se remplirent encore sans que je le veuille. Ça marchait tout seul, mes journées. Sans moi. Je n'avais pas le temps de ressentir quelque chose en bien ou en mal. Concomitante au déménagement, ma réussite aux entretiens d'embauche d'un cabinet de consultants en organisationnel. Mon premier emploi. J'y agis en sentinelle automate du système, je servis ce pour quoi mon père avait fini à l'asile, comme on me l'avait appris dans ma scolarité. À l'image des bouteilles d'alcool de son minibar qu'il n'avait jamais ouvertes, ou des albums en ligne décrivant la vie, sans cesse reluqués, commentés, fantasmés : une ivresse par procuration, un amour de la figuration de l'existence.

Il y a un sentiment d'appartenance, aussi, qui rassure. Dès la fin de la première semaine, je m'étais acheté le modèle de chaussures Berluti porté par tous les juniors. En termes de cravate non plus, il ne fallait pas se différencier de la team. En soie unicolore, à pois ou à minimotifs le vendredi. Toujours dans les tons froids, le moins expansif possible. Pour le costume, il y avait des variantes, c'était plus déstabilisant. Je consentis à m'en accommoder, piochant ici ou là des références, des classiques. Nous étions une petite cinquantaine de débutants. On appelait « débutant » ou « junior » celui ou celle qui avait moins de quarante ans. Après, on était confirmé ou plus là. Deux fois moins nombreux, les seniors qui le devenaient avaient subi un écrémage féroce. Deux fois moins nombreux, on disait qu'ils gagnaient deux fois plus d'argent que les juniors. Ce mythe nous fortifiait, on avait la volonté de braver les règles de la sélection. Entre juniors, on se serrait les coudes. Mais l'entente cordiale pouvait à tout moment s'ébranler, on était toujours au bord de la guerre civile ou des pleurs collectifs. Les seniors nous tenaient par là, par la tension nerveuse.

La fréquentation des réseaux sociaux n'était pas possible depuis le cabinet (on faisait en sorte d'en bloquer l'accès aux consultants, sans se soucier des blogs ou des boîtes mail personnelles, ce qui laissait une complaisante marge de manœuvre), je m'y attelais alors en soirée, parfois la nuit, quand je ne parvenais pas à trouver le sommeil. Je tenais les rasades de thé que nous offrait l'assistante du service juniors pour responsables d'une insomnie persistante. Certaines variétés avaient des vertus stimulantes, peut-être une manière détournée des anciens de nous maintenir au niveau. Nos locaux étaient situés rue de Clignancourt, sur le flanc est du Sacré-Cœur. On avait la chance d'être implantés intra-muros quand d'autres traînaient leurs guêtres jusqu'à la Défense tous les matins. J'évitais la transhumance suburbaine mais pas la traversée de Paris, Passy-Anvers, en passant par l'Étoile. Pendant mon temps de transport, j'écoutais de la musique au casque. Parfois, des Roms jouaient de l'accordéon, tapaient sur des tambourins, chantaient fort, sonnaient faux. Certaines personnes étaient capables de se concentrer sur un livre quand les musiciens passaient dans la rame. Moi, je montais le volume de mon lecteur MP3.

Dans le bâtiment clair aux larges fenêtres (une trouvaille d'architecte pour économiser l'énergie), on m'avait réservé le cagibi du troisième étage. Théodore Zami, le seul de mes collègues à avoir le droit de faire partie de mes contacts sur ShowYou, était mon voisin de cellule. Fils d'un Marocain et d'une Martiniquaise, il avait un grand sourire et entretenait une passion pour la danse. Androgyne, ni noir, ni blanc, gris ou marron, mais tout ensemble, je l'aimais surtout de ne ressembler à personne. On ne connaissait pas exactement son âge mais on savait qu'il faisait plus jeune. Il avait un accent non identifiable, les yeux verts, une vie sentimentale à rebonds. On lui supposait une assez longue romance avec un Danois nommé Ulrich, une ex-petite amie inconsolable (Vanessa), quelques partenaires de passage, qui avaient du retour (Albert, Sanzo et Sarah-Sue, parfois les trois ensemble). Il suffisait de compter Théodore au nombre de ses contacts, les photos et les films de son ShowRoom nous le racontaient, nous le faisaient partager. Théo dansait les samedis salsa, tango et cha-cha-cha dans les locaux d'une association dont il était le trésorier, à côté de la place de la Nation. Il postait régulièrement des vidéos pédagogiques destinées aux élèves qui se rejoignaient sur la page de l'assoce. Il expliquait les passes à une caméra de smartphone fixée sur un pan d'étagère avant de les envoyer sur le réseau. Par empathie et sur invitation du trésorier, j'avais adhéré à la page. Théo s'imaginait que j'aimais la danse, à cause de ça. En affaires pourtant, il révélait une autre facette. Il me l'avait exposée le jour de mon arrivée.

— Je suis la clé de voute de ton équipe-projet. Elle est composée de cinq juniors, dont un « caporal », et c'est moi le caporal, parce que je suis le meilleur dans le domaine de la quantification et du positionnement des ressources.

Cherchant sans cesse à élargir sa palette de compétences et le champ de ses responsabilités, il appréciait les problématiques qui lui faisaient toucher de près les grands projets de transformation des entreprises.

— Moi, je sais agir en première ligne dans le management de programmes complexes. Chez le client, on n'hésite pas à me confier l'entière responsabilité du pilotage des groupes de travail. Je sais aussi intervenir dans des missions d'envergure exigeant une forte expertise et une réelle dimension humaine.

Ses capacités d'analyse, de synthèse et de rédaction étaient appréciées entre toutes. Précurseur et averti, il avait repéré avant moi, dans le premier dossier qu'on m'avait confié, bon nombre d'incohérences mettant en péril nos capacités de résolution et de succès. Il avait vu dans l'attribution de ce client au novice que j'étais « une manière sans doute de te tester ».

— Ils ne te font pas de cadeau, c'est la voie de la progression. Agir en amont afin de définir les enjeux et les leviers de changements, c'est notre expertise. Être adaptable et démontrer une forte curiosité intellectuelle, c'est notre prérequis.

Plus que tout, Théo aimait aller danser. Un soir, il proposa que je l'accompagne à l'event qui avait lieu sur les berges du quai Saint-Bernard, où se produisaient d'avril à octobre quelques professionnels ou amateurs parisiens. Je m'étais intégré à l'attroupement des spectateurs, j'avais regardé les danseurs en piste. Je m'étais attardé sur leurs manières complexes, j'avais savouré comme ils bougeaient leurs corps, comment ils se pliaient aux caprices des rythmiques. Un couple dont l'homme était grand et âgé, la femme jeune et petite, avait exécuté devant moi une danse bretonne. Zami préférait les danses d'Amérique latine aux gavottes. Il avait détaillé, à leur suite, les passes d'une salsa en compagnie d'une fille aux cheveux rouges. Les exploits de Théo m'avaient renvoyé aux vidéos que je visionnais sans réfléchir via la page de l'association.

— Ici, Charles, la démarche participative, c'est la danse. Tu n'as jamais voulu apprendre même le rock ? Tu n'as jamais aimé t'éclater sur du son ? La danse a changé ma vie, elle changera peut-être la tienne. Songe à l'incroyable sensualité qui se dégage d'un être qui vibre au rythme des passes. Songe à la richesse des pratiques de la danse, une mine pour l'ethnologie : elles expriment à la perfection le vécu des peuples, chaque danse est pour son peuple la quintessence de sa culture. Danser fait du bien : danser m'ouvre à une plus grande acceptation de mon corps. Si tu danses trois fois par semaine, tu diminues considérablement ton niveau d'anxiété. Au boulot, tu es plus performant, les tensions tu les as libérées dans les mouvements de la danse. L'action de danser, c'est une thérapie contre tout. Tu vis mieux, et sans doute plus longtemps, si tu danses.

Théo voulait me convertir. La danse était sa religion. Et dans l'encart consacré aux convictions religieuses sur ShowYou, Théo avait inscrit « danseur ». Après m'être payé un cidre dans un verre en plastique, j'avais rejoint ma forteresse, retrouvé la vieille dame et mon ordinateur. Charlotte n'organisait plus de pique-niques, estimant qu'il y avait trop de monde au Champ-de-Mars. À présent, elle ordonnançait chez elle des events exclusivement réservés aux filles, dont les images me parvenaient par photos et vidéos. Théo commentait la session danse, il s'était filmé à l'aide de son téléphone depuis le bar lounge où il avait échoué avec quelques autres. Je reconnus leurs visages animés et leurs corps graciles. Pour ma sœur, dont le mardi était le jour de la vidéo de ShowRoom, l'actualité était à la plongée sous-marine au large de Hurghada avec son amoureux, dans les eaux de la mer Rouge. Une pléiade de poissons multicolores, et parmi eux les fameux holacanthe duc, girelle paon et rascasse porc-épic, défilaient sous mes yeux. On pouvait admirer la fluorescence des bleus, des jaunes, leurs zébrures mauves ou orangées, s'extasier, comme si on y était, devant leur aptitude au lien social et les chorégraphies spontanées qu'ils ébauchaient ensemble. Les religions de la plongée sous-marine et de la danse se télescopaient dans mon esprit. Les poissons dansaient, comme Théo. Sophie ne connaissait pas Théo. Théo ne visionnerait jamais la vidéo de Sophie.

– La mer Rouge est un paradis pour les plongeurs car les fonds marins y sont exceptionnels. Les coraux et les nombreuses variétés de poissons témoignent de leur exubérance. Avec Brian, nous sommes partis à la rencontre de ces espèces. Dès la première plongée, grâce à notre coach, nous en avons identifié plus de quatre-vingts différentes. Cette semaine, nous avons pris environ deux cents photos par jour. Nous ne pensons pas tout charger sur ShowYou, ce film va vous permettre de découvrir nos poissons préférés. La plongée sous-marine est en train de changer notre vie, nous espérons qu'un jour vous en découvrirez les joies. Au final et même si c'est un mauvais jeu de mots, l'ichtyologie nous aura complètement « harponnés ».

DISPONIBILITÉ EXPONENTIELLE

Bien qu'il ne s'agisse que de poster des photos et des vidéos, de regarder celles des autres et d'y inscrire des commentaires, ShowYou me demanda une disponibilité exponentielle. À peine arrivé chez moi, j'allumais l'ordinateur, je dînais devant, j'y restais jusqu'à tomber de sommeil. Le week-end, j'y passais parfois des après-midi entiers. J'en négligeais les visites à l'hôpital psychiatrique. Après mon emménagement, mes vidéos obligatoires furent consacrées à la présentation de mon costume et de ma cravate ; au chat de ma voisine, qui venait parfois me rendre visite ; à la vieille dame d'en face, même. J'en fis un court métrage avec zoom, je la montrai au monde entier, elle connut son instant de gloire. Je ne révélai pas une identité que, du reste, j'ignorais.

D'après le fil des actualités du réseau, je n'étais jamais le seul à charger des photos ou à écrire des commentaires au milieu de la nuit. Par la fenêtre, mon reflet apparaissait dans le noir de la cour. L'existence était un miroir dans lequel on se réfléchissait sans réfléchir. Tout était mort, l'écran seul était la vie. Régulièrement on nous informait : Théo ne dormait pas parce qu'il avait envie de vomir ; Filibert rentrait d'une teuf ; Laetitia faisait des câlins avec son copain ; Peter depuis Frisco s'en allait faire poser des fers à ses Weston ; pour les cousines québécoises, c'était l'heure de *souper*. Perrine venait d'être maman pour la première fois : « Merci à tous pour vos gentils comments, je réponds dès que possible (un peu débordée en ce moment). » Yvan avait parcouru les rues de la capitale sur des roulettes : « Revient d'une session roller avec Johann dans un Paris estival en folie. Beaucoup de vent, du fun, du ride. »

Elle ne montre pas l'emploi normal des réseaux sociaux, mais les extrêmes !

L'écran seul était la vie, une nuit la vie ressembla à l'écran. Une mosaïque de jaunes orangés, une gamme dégradée qui s'allumait et s'éteignait, comme les icônes d'un dock sur Macintosh, les raccourcis de bureau d'un PC portable. L'immeuble d'en face dévoila bientôt toutes les fonctionnalités de son environnement graphique. Clignotants fébriles et photophores de demi-teinte, surprenante fête pour rien, un événement historique dont on aurait oublié la date, une commémoration nationale de l'insomnie. Je circulais nu chez moi à la lumière du vis-à-vis, assistant au spectacle dans le noir, sans risquer d'être vu à mon tour, une nouvelle fois victime de la théine administrée par l'assistant du service. Je me faisais couler un bain à 3 heures du matin.

L'eau chaude relaxerait mes muscles et m'assommerait jusqu'au lendemain.

L'écran d'en face n'était pas off mais en mode « veille ». Deux colocataires de dix-huit ou vingt ans riaient devant leur ordi, leurs faces hilares révélées à la lueur de l'engin. Elles pouffaient en se balançant, leurs cheveux longs leur striaient le visage. Les jambes repliées sur le lit, elles cherchaient l'équilibre comme des chattes, soulevaient leurs pieds pour ne pas tomber à la renverse. Émerveillement, joie et bonhomie. Ou non tout aussi bien : cruauté, mépris, médisance. Je n'aurais pas su dire exactement pourquoi les motifs que je prêtais à leur enthousiasme eussent été néfastes mais je l'envisageais par instinct de survie, protection réglementaire ou sécurité informatique appliquée à la vie sociale, me figurant par défaut l'inconnu illicite et le monde extérieur dangereux. J'étais un bon antivirus. Il me plut qu'elles fussent mauvaises, la vieille dame étant par compensation et au-dessus d'elles l'élément bienfaisant de la mosaïque. Pièce majeure de ce système moral dont l'architecture était connue de moi seul, la vieille prenait part à l'opération insomnie. Elle se tenait là, assise dans son lit, absorbée par la lecture d'un ouvrage immense, dont le titre m'était à distance indéchiffrable. Elle apparaissait en majesté sous son édredon depuis la baignoire, satisfaite d'une prose qui ne la rebutait ni ne la révoltait. Ce devait être l'apanage du grand âge, cette étanchéité au scandale. Mon indiscrétion rencontrait naturellement ses limites.

On ne sait pas, au fond, si ce qui a le don de provoquer l'endormissement n'est pas justement ce qui est censé divertir. J'avais attrapé, sous la petite table en bois où je gardais un bocal de boules de bain, un volume des œuvres complètes de Goscinny. Une autre fenêtre, à l'étage du dessus, attira mon attention. Des corps s'étreignaient sous une lumière basse, encourageant la fixation du spectateur. Un homme chauve, assez corpulent, déshabillait une jeune femme en lui touchant les seins et la jeune femme caressait le visage de cet homme en fumant une cigarette. Quand elle fut tout à fait dévêtue, elle délaissa la cigarette et se livra tout entière aux mains du type. Cela dura un peu. Je ne me sentis ni coupable ni passionné, je visionnai paisiblement l'étreinte comme un film. Pour l'épilogue, la fille se leva et revint avec des canettes de soda. Ils les burent dans les draps en fumant et en discutant. Cependant que les amants devisaient, les filles hilares s'étaient couchées deux étages en dessous. La vieille, quant à elle, avait posé son livre et tricotait. J'imaginais la substance du dialogue des amants, sans tout à fait me la figurer. Je recherchais de la tendresse dans leurs gestes, sans la trouver.

Ce ne fut qu'après l'absorption du breuvage que la scène se ranima, que la fille étreignit le gros bonhomme, que celui-ci chercha à s'en dégager par deux fois, que leurs gestes décrivirent des menaces, des parades à l'arme blanche. Que la fille se leva en pleurant, qu'elle se rhabilla pendant que lui dodelinait de la tête sans la regarder, en prononçant quelque chose, et que cette chose fut le prétexte d'une gifle envoyée en revers. Que la fille quitta les lieux, que la porte de la chambre se referma sur l'homme. Quelques fenêtres mitoyennes s'allumèrent, dessinant un probable couloir, traçant une ligne lumineuse en longitude. La porte d'entrée, sans doute, avait claqué. L'homme se leva et fit quelques pas à l'aide d'une béquille. Il poursuivit son dodelinement et s'alluma une cigarette, toujours nu. Puis il quitta sa chambre en s'appuyant sur cette béquille, et passa à son tour dans le couloir, dont les embouchures laissaient dépasser la tête de celui qui l'empruntait. Il réapparut tout entier avec une bouteille d'alcool couleur scotch. Il but un verre, puis un deuxième. Une fois sa rincée avalée, il alluma le petit MacBook qui se trouvait face au lit. Sous sa lampe de bureau, il ressemblait à un mort vivant. Les proéminences de son visage (nez, arcade sourcilière, le bout des lèvres) ressortaient dans la pénombre. Il pianotait sur son clavier, fumait, secouait la tête, grimaçait, se resservait du whisky. Il se tapait les tempes, tapait du pied et tapait sur les touches pour venger une colère, une faute, affirmer son bon droit, s'en vouloir encore ou renforcer ses positions. La vérité ou le mensonge auraient convoqué la même intensité. Ce film muet n'autorisait aucune certitude dans le domaine psychologique.

Je m'étais demandé ce que je préférais, au fond, des journées ou des nuits. Les journées se ressemblaient, les nuits pas toujours. J'avais tracé un tableau mental dans mon cerveau. En abscisses « nuit » et « jour » ; en ordonnées « joie », « rire », « étonnement » et même « intérêt des scènes ». Les nuits l'emportaient. Entre ShowYou et la vie d'en face, elles étaient plus intéressantes, plus animées. La cour d'immeuble révélait un cinéma multitoiles, une infinitude de possibilités émergeant du patchwork aux couleurs des éclairages, du cocktail des corps jeunes ou vieux, seuls ou plusieurs, maigres ou pas, poilus ou non, s'aimant ou se disputant. Les comments fusaient dans mon esprit, sanctionnant l'action. La cour devenait une page de ShowYou. Les fenêtres, les photos d'un album en ligne. Les balcons d'en face, un panier pour les appréciations. Dans les bacs à fleurs, on déposait ses plaintes ou ses encouragements, avec le concours d'un pigeon voyageur. Par exemple, je commentais l'action du gros type à la canne, giflé par la fille : « bien, votre scène de rupture, mais j'aurais préféré que vous lui fichiez une beigne en retour » ; « qu'est-ce que vous écrivez de beau, à cette heure-ci ? » ; « j'adore la manière dont ça s'est passé entre vous, sexuellement parlant ». L'intéressé ouvrirait la fenêtre et relèverait sa boîte de réception. Ensuite, il disposerait un nouveau message sur le balcon en guise de réponse. Le volatile saisirait alors le bout de papier et irait le déposer sur le bord de la fenêtre d'en face. Mais l'interactivité étant limitée dans la vraie vie, ça ne se réaliserait pas de si tôt.

La vie des voisins présentait toutes les caractéristiques du divertissement. On pouvait en tirer le maximum, l'outrage comme l'humilité, une authenticité des expressions et des tourments, un comique, du sarcasme et des atrocités. Les filles hilares, la vieille dame et les amants en colère étaient des petites vignettes dans une frise verticale. La chambre et le couloir du gros chauve, une frise horizontale. Le quadrillage était harmonieux. Pris en flagrant délit d'existence, les personnages déployaient leurs petites occupations d'humains, en abyme d'une réalité plus grande, englobante et passive, dont ils ignoraient la logique. Lorsque j'en étais lassé, je m'accordais un entracte, je tirais le voilage et rabattais enfin le rideau bâchette.

Joie, rire, étonnement, intérêt des scènes. Le lendemain de ma nuit blanche, levé sans fatigue malgré l'insomnie (quelque deux heures de sommeil peut-être, de 5 à 7), la fantaisie sexuelle ayant ajourné un peu plus le passage du marchand de sable, je m'étais laissé guider mécaniquement par les lampées de café et le bouton de l'ascenseur à battants, le groom de la porte vitrée donnant sur la rue, les alarmes sécurité à détecteur de mouvement des voitures, la comédie cadencée des tourniquets du métro à l'oblitération et le ballet rituel du train parvenu en gare de Passy. J'avais pris place dans la rame en quidam distrait de ses manigances. Le strapontin rassurait.

Tout allait bien dans le pire des possibles, c'est-à-dire le plus raisonnable, lorsqu'une jeune femme me passa devant sur la plateforme. Une secousse la fit chanceler à ma hauteur et elle chercha une paroi ou une barre sur laquelle prendre appui. Un réflexe me poussa à la retenir par la taille mais je la laissai tituber l'instant d'après, mesurant l'impudeur du geste, mes mains sur les hanches d'une inconnue. La jeune femme était une très jeune femme, l'une de celles qu'on n'appelle pas « fille ». On suppose qu'elles n'ont jamais pleuré pour des motifs idiots, il s'en dégage une force et une sévérité naturelles. Elle avait ce visage de conséquente, avec une peau très blanche et des grands cils dont la longueur s'accentuait de profil. Elle s'éloigna rapidement et je restai là, à regarder bouger sa robe au milieu de l'allée centrale. Dans le wagon, un collège de dormeurs loupait la grâce de peu. C'était leur évitement du charme que j'avais trouvé le plus remarquable.

Il fallait me méfier des idées reçues que je m'étais moi-même fait parvenir par la poste des précautions. Sur la question des femmes, il y avait des envois en recommandé cérébral qui détraquaient les sens. Je n'en avais pas rencontré de vraies depuis longtemps, j'avais oublié comment elles étaient, comment elles respiraient, comment on les blessait, comment on les rendait heureuses. J'avais oublié les femmes. Juste quelques sylphides de littoral, ou à Paris, dans des events pleins de nourriture, des events de pendaisons de crémaillère, des events de pot de départ d'un consultant pour Londres. Il y avait peu d'individualités, on les pêchait en masse, elles arrivaient comme des bancs de poissons. Le banc de poissons faisait mon naufrage, la proue chavirait pour de mauvais motifs. Ces sirènes de 6 heures du matin auraient accosté sur le flanc droit de mon navire de nuit, cheveux brassés dans la bière, écailles étendues sur ma couette. Mais non, je ne les aimais qu'en rêve ou sur les photos. Le passage de la jeune femme dans l'allée n'en fit pas une fille de passage. Il donna au mot « passage » une qualité inespérée. Son passage devint unique. Déployant les voiles du navire, j'aurais pu accoster sur ses côtes. Elle était maintenant assise à l'autre bout de la rame. L'atterrissage forcé dans la nullité des choses (escalator en maintenance, écran publicitaire vidéo interactif à reconnaissance faciale et réalité augmentée, groupe de musique péruvien aux flûtes assommantes, annonce trilingue de la RATP invitant les usagers du réseau à se méfier des pickpockets) me parut moins désagréable qu'à l'ordinaire.

Ce n'est pas un épisode sans suite. J'ai retrouvé la jeune femme dans l'enceinte de la station Anvers, occupée à chercher son chemin sur un plan de quartier. Astigmate sans doute ou un peu malhabile, elle traçait du doigt les axes correspondant à la lettre et au chiffre qui indiquaient la rue où elle voulait se rendre. J'ai identifié sa destination, en tout cas le périmètre vers lequel elle tendait. C'était en A2 et ça me faisait une belle jambe, d'autant que je travaillais tout à fait de l'autre côté du plan (G5). J'ai eu envie de la suivre, au nom de quoi, peut-être de notre rencontre et du contact avec ses hanches. Et puis de sa fragilité touchante. Et de sa fuite aussi. Également, pour me féliciter de l'avoir retrouvée si facilement. Je l'ai tracée sans penser au travail. Elle a remonté la rue des Martyrs en passant devant le Divan du Monde, cette salle de spectacles où adolescent j'avais vu mon premier concert, un trio de guitaristes aux cheveux longs dont j'avais oublié le nom. Un peu plus loin, elle a poussé la porte d'un magasin d'instruments de musique. J'ai hésité avant d'entrer.

— C'était qu'un embout à récupérer avec une pince, on voit ça tous les jours. Qu'est-ce que vous avez pu paniquer en l'apportant... Là, vous voyez : j'ai resserré l'écrou, plus aucun danger. C'est un peu comme un moteur ou un tricycle, un instrument. On visse, on dévisse. Ça arrive, avec les guitares demi-caisse, ce genre de petits incidents. C'est trois fois rien, vous avez bien vu ?

— Quand j'ai entendu l'embout se balader dans la caisse de résonance, c'est vrai que j'ai balisé.

La jeune femme se faisait expliquer une manœuvre obscure effectuée sur une guitare électrique dont elle semblait la propriétaire. Je touchais la peau des tambourins et l'étain des cymbales, infiltré que j'étais dans le rayon des percussions.

— Je suis juste bricoleur, vous savez. Ça vous fera trente euros. Vous payez comment ?

Le type ne perdait pas le nord. Elle a fouillé dans son sac, à la recherche de son portefeuille. Au bout de deux trois minutes, elle a bien dû reconnaître qu'elle ne l'avait pas sur elle. Elle l'avait oublié, ou bien on le lui avait volé. Le réparateur, sympathique l'instant d'avant, a commencé à la menacer. « Vous n'allez pas vous en sortir comme ça », etc. On pouvait travailler dans la musique, s'enquérir de bricolage et de sonorisation, aimer les *modèles mexicains* et les *pédales à disto* et manquer de souplesse. J'ai saisi ma chance à ce moment, puisqu'il fallait payer la rançon.

– Je ne sais pas ce que j'aurais fait si vous n'aviez pas été là. Il faut que je vous rembourse maintenant.

– Ne me donnez pas d'argent. Vous pourriez prendre un café avec moi samedi, ça suffirait bien.

« À condition de vous offrir votre café », retour de politesse prévisible. Elle a eu un rire gêné mais pas hostile. Elle a pensé, ce qui s'est vérifié dans la journée, qu'elle avait oublié son portefeuille dans un autre sac à main. Elle m'a laissé un numéro de téléphone et un prénom, Anne-Laure. Je l'ai quittée à l'angle de la rue d'Orsel. J'ai justifié mon retard au travail par un silence qui laissait présumer le pire ou le plus important. Joie, rire, étonnement, intérêt des scènes.

pas vraiment motivé

J'avais appelé Anne-Laure le lendemain soir, pensant qu'un délai de trente-six heures suffirait bien pour signifier mon indifférence. J'étais si indifférent que je l'appelais, d'ailleurs. Dans quel quartier habitait-elle, où voulait-elle qu'on se retrouve ? Elle me fit passer la Seine, pour l'occasion. J'attrapai le 63 au Trocadéro et descendis à l'arrêt de la place Maubert, où elle disait qu'elle avait ses « habitudes de café ». Dans l'autobus, je me rappelle avoir cherché à convoquer les détails de son visage. Il me restait seulement une impression générale d'Anne-Laure. Elle était mince, la peau blanche, les yeux gris. Si elle m'avait confié son nom de famille, j'aurais pu la retrouver sur ShowYou, avoir accès à ses photos de profil et surtout lui envoyer une demande de mise en relation. Nous aurions pu converser sur le chat, connaître déjà nos passions, nos couleurs favorites, s'enquérir des villes que nous avions visitées en Europe et ailleurs sur la terre, mettre le doigt sur un interdit religieux, une allergie ou une tendance phobique. Elle aurait pu savoir, bien avant notre rendez-vous, que je ne fumais pas et que je ne me droguais pas, que j'étais né dans une famille catholique mais que j'étais plutôt syncrétique dans mon approche. En gros, tolérant, pas pratiquant. Et puis que je raffolais de cuisine libanaise ; que j'avais la Lune en Verseau et que j'écoutais beaucoup de musiques différentes, même du rap ; que je pensais qu'il fallait tout se dire, dans un couple ; que j'avais lu *Les Mille et Une Nuits* en version abrégée ; que je voulais trois enfants, mais pas tout de suite.

Et elle ? Elle est arrivée dans une petite robe, du même style que celle qu'elle portait la première fois. Des imprimés bleus et mauves sur fond blanc. Et sur les épaules une veste kaki. Elle avait aussi un gros livre sous le bras et un paquet de cigarettes. J'ai retrouvé son visage et sa peau claire, de blonde. Elle n'était pas vraiment blonde, juste châtain-roux, mais ses sourcils eux l'étaient. Je l'ai bien regardée avant de lui adresser la parole. Je l'ai sentie aussi. Un parfum aux agrumes, pommes, poires, gingembre, je ne sus. J'ai dit comment je m'appelais, Charles Valérien. J'ai espéré qu'elle me lâcherait son patronyme, je pensais encore à ShowYou. Mais non, c'est resté « Anne-Laure ». On n'allait pas faire les plantons sur la place pendant trois quarts d'heure : j'ai proposé qu'on traverse et qu'on s'installe dans la grande brasserie d'en face, sous les platanes, si ça lui disait. Ça lui disait, à condition d'être en extérieur, pour fumer.

— J'ai trouvé ça supergentil que tu aies payé pour ma guitare, mais tu n'étais pas obligé. Tu fais de la musique ?

— Non, mais j'aime beaucoup la musique. En fait, j'écoute de tout, même du rap.

Étrange, elle n'a pas renchéri. Heureusement, le garçon de café est arrivé à ce moment-là. Elle a commandé un déca, « impossible de supporter la caféine après 16 heures ». J'ai pris un demi, « impossible de supporter un café à 18 heures ». Non, je n'étais pas musicien mais elle, si. Elle a répondu à une série de questions ciblées, permettant la constitution d'un banc d'essai, favorisant son adhésion complète à mon projet de séduction. Vingt-deux ans, étudiante en lettres modernes à la Sorbonne, juste à côté. Et guitariste aussi, guitariste chanteuse d'un groupe de punk, « enfin, pas des vrais ». Pour le signe astrologique, elle n'y croyait pas plus que ça. Elle habitait dans le XIVe arrondissement, pas très loin d'Alésia et du parc Montsouris. Précisément, c'était sa grand-mère qui habitait là. Elle avait une chambre chez sa grand-mère. Ses parents, eux, résidaient dans un bled du Morbihan. Mais elle y allait le moins possible, parce qu'elle ne s'entendait plus vraiment avec son père. Il était professeur d'histoire. Agrégé, il n'assurait plus beaucoup d'heures et attendait le moment de la retraite. Elle aimait retrouver la maison quand lui n'y était pas. Elle avait aussi un grand frère à Dourdan, qui travaillait dans le marketing pour le compte d'une grande marque de dentifrice. Il établissait des questionnaires qu'il envoyait via mailing à une base de plusieurs milliers de consommateurs. Les taux de clic et d'ouverture étaient optimaux, il n'avait pas à se plaindre. Quel dentifrice choisir, avec ou sans rayures, comment lutter contre la mauvaise haleine, priorité à la prévention des caries, êtes-vous coutumiers des bains de bouche, comment éviter la succion du pouce chez un tout-petit, source de dysfonction et de malposition, connaissez-vous les troubles de l'articulation temporo-mandibulaire, pendant combien de temps vous brossez-vous les dents, à quelle fréquence, quels mouvements faites-vous avec votre brosse à dents, vous arrive-t-il de boire un soda avant le coucher, cliquez ici pour découvrir tous nos produits bi-fluorés.

– C'est vachement intéressant. Et ton livre là, c'est quoi ?

Ce livre s'appelait *La Porte fermée* et son auteur, Rémy Gauthrin. Elle a déclaré que c'était son écrivain préféré parce qu'il était vraiment contre l'époque. Sur la quatrième de couverture, il y avait la photo de l'auteur. Un type dégarni assez mastoc, l'air content de lui comme pas deux. Anne-Laure m'a demandé si je lisais des livres. À part *Les Mille et Une Nuits* en version courte, pas grand-chose. Elle a semblé contrariée, je me suis senti inférieur. J'aurais dû mentir. En guise de déca, le garçon de café lui a apporté un verre de Ricard. « J'ai mal entendu », pour toute excuse. Elle a trouvé cela amusant, « après tout, un Ricard, ça change ». J'ai eu peur que cette communication faussée nous déteigne dessus, qu'on se mette à parler du beau temps, de l'arrivée de l'été, de sujets de ce style. Pas du tout : on est restés deux bonnes heures à se raconter nos vies, ce qu'on aimait, ce qu'on faisait, comment on voyait l'avenir. Ça ne m'était pas arrivé depuis le lycée, cette simplicité dans les rapports, cette évidence. C'était comme dans les films. Et puis, elle relançait la conversation. Visiblement je l'intéressais, même si elle avouait regretter que je ne sois pas un lecteur. Vers 20 heures, donc, elle a pris congé. « J'ai une soirée dans le XVIIIe et je ne sais toujours pas comment je m'habille. » Je lui ai redonné mon numéro de téléphone, au cas où elle ne l'avait pas noté au moment de mon appel (le numéro s'affichait, c'était pourtant simple de me rentrer dans un répertoire). Je lui ai précisé qu'avec mon forfait illimité, je ne payais pas les communications à partir de 19 h 30, et ce jusqu'à 1 heure du matin. Si elle le voulait, elle pouvait juste me biper et je la rappellerais. « C'est bien noté », a-t-elle dit. Et au moment où je suis rentré dans le 63 :

– Hé ! Mon nom c'est Bagnolet, comme la Porte. B A G N O L E T (elle épela le nom), Anne-Laure Bagnolet, puisque tu veux tellement le savoir. *enfin !*

Bagnolet. Elle avait fini par avouer, sans que cela me permette de la retrouver sur le réseau. Il y avait en effet plusieurs Anne-Laure Bagnolet sur ShowYou. Quarante-six, pour être précis, dans sept pays différents. Mais aucune des Anne-Laure Bagnolet n'était mon Anne-Laure Bagnolet. Elle n'avait peut-être pas de compte ? Elle y était peut-être sous pseudo ? Ou bien elle avait menti, elle ne s'appelait pas Anne-Laure Bagnolet ? Après ma recherche infructueuse sur ShowYou – *aucun profil ne correspond aux termes spécifiés pour 75014* –, j'ai consulté l'annuaire en ligne. C'était moins minutieux et plus rapide. Il y avait une Paule Bagnolet, sa grand-mère paternelle sans doute (j'avais de la chance), qui habitait au 51 avenue Reille, dans le XIVe. Je restai pantois devant l'improbable : Anne-Laure Bagnolet, vingt-deux ans, parisienne,

Pour certaines personnes, la vie virtuelle ne même existe pas !!

n'était pas inscrite sur ShowYou ? Je n'en croyais pas mes yeux. Mes yeux, qui ne voyaient rien en dehors de l'écran, l'avaient vue, pourtant. Pourquoi cette éviction suicidaire ? Pourquoi ne pas vouloir exister sur internet ? Comment assumait-elle au quotidien les railleries ou la mise à l'écart dans sa vie sociale, à la fac, au sein de son groupe de musique ? Avait-elle été exclue pour cause de vidéo non postée ? Le règlement était strict mais personne ne jouait avec le feu. Mes yeux, qui ne voyaient rien, avaient rencontré ceux d'une fille qui n'existait pas.

De l'autre côté de la cour, l'obèse à béquille dansait avec sa nouvelle conquête. Ou plutôt il la faisait tourner autour de lui. Je ne connaissais pas la gravité de son handicap, mais il me faisait de la peine, ce gros. Je remarquais quand même cette propension, la sienne, à ne recevoir que des jeunes filles en tenue légère, ou sans tenue du tout. Bon Dieu, qu'est-ce qu'elles lui trouvaient ? À l'étage du dessous, la vieille dame téléphonait en faisant de grands gestes. C'était rare de la voir téléphoner, ou communiquer en général. Là, ça devait être important. C'était peut-être à Teresa qu'elle parlait comme ça. « Vous n'avez pas retiré la poussière qui vient constamment se loger sous le tapis, j'ai retrouvé des bourres de laine et de la crasse par paquets ! Je vous paye à quoi faire ? Ah çà, pour vous offrir le dernier modèle d'aspirateur à turbobrosse, je peux casquer ! » Non, elle ne s'exprimait jamais comme ça. Et puis, si elle avait quelque chose à reprocher à Teresa, elle pouvait le lui dire en face les lundi et jeudi de chaque semaine. Ces gestes-là, ça devait être à cause de sa fille aînée, qui voulait encore divorcer. « Tu ne vas pas recommencer, regarde à quoi ça te mène, c'est toujours la même chose. » La vieille, au moins, elle n'avait jamais changé de mari qu'à la mort du précédent. Mais la fille, une vraie girouette, celle-là. Incapable de se stabiliser avec quelqu'un, un sentiment d'étouffement au bout de deux ans. Elle avait déjà été mariée trois fois, à deux artistes plasticiens et un gardien de prison, mais chaque fois elle avait fui. Et puis si malheureuse toute seule après, sans personne sur qui compter, dans cette grande ville de Buenos Aires, si dangereuse, etc. Interlope, fantasque aussi, la ville. Elle l'avait un peu choisie pour ça. Buenos Aires : une ville dingue. Plein de gens différents, d'origines ethniques différentes et de milieux sociaux différents, tous exerçant des professions différentes. Une ville et une vie remplies de différences en somme. Un monde de différences comme on en rêve.

Puisque je n'avais pas d'event de coché ce soir-là, j'en ai profité pour me faire un best of des vidéos de mes contacts. Avec sa recette de tiramisu de lundi, Charlotte nous donnait l'eau à la bouche. Théodore Zami avait fait un strip-tease intégral le jeudi précédent, tandis que Perrine pouponnait à la maison. Elle expliquait qu'elle ne connaissait pas le père, qu'elle hésitait toujours entre deux types. Or tous les deux voulaient reconnaître l'enfant, question d'orgueil. Ça posait des problèmes, d'autant que les parents de Perrine s'en mêlaient et lui reprochaient d'avoir gardé le bébé. Il y avait un entretien avec sa mère sur sa page ShowRoom (sa vidéo de la semaine précédente) : « Ma fille est étudiante, ce n'est vraiment pas raisonnable, qu'en pensez-vous ? » On pouvait donner son avis. À propos du père de l'enfant, Perrine avait demandé à ses contacts si ce n'était pas une bonne idée, pour départager les deux candidats, d'organiser un vote sur le réseau : « Après tout, un suffrage, ce serait peut-être plus juste qu'un test de paternité ? » Ma sœur Sophie, quant à elle, avait filmé des pauvres mardi dernier, dans un quartier particulièrement défavorisé du Caire. En sortant du boulot, elle était allée à la rencontre de ces pauvres et elle leur avait posé des questions, à la manière d'une anthropologue. L'entretien s'était passé en arabe (maintenant, elle maîtrisait l'arabe), lors du montage elle avait ajouté des sous-titres. « Combien avez-vous d'enfants ? Pensez-vous qu'il soit raisonnable d'en avoir autant, vu vos conditions de vie dans ce quartier ? Avez-vous déjà travaillé ? Êtes-vous déjà tombé malade à cause de l'eau croupie ou de la nourriture avariée ? Avez-vous déjà vu un mort ? Est-ce que vous vous lavez quand même quelquefois ? Pensez-vous vous en sortir un jour ? »

La semaine suivante, avec Anne-Laure, nous nous sommes échangé une série de SMS. Je voulais vraiment la revoir, au cas où elle n'avait pas compris. « Si ça te dit, tu peux venir visiter mon appartement », avais-je suggéré. Ce n'était même pas une proposition indécente, juste que j'étais fier de mon installation et j'estimais que ça valait le coup. Puisqu'elle n'était pas sur ShowYou, elle n'avait pas eu la chance de voir mon album en ligne, *Emménagement dans mon appart*. Au lieu de ça, elle a proposé qu'on dîne dans un café de Denfert-Rochereau, à l'angle de la rue Daguerre. Elle aimait bien cet endroit, qu'elle voulait me faire découvrir. Avec toujours sous le bras le roman de ce Gauthrin qu'elle disait lire pour la troisième fois, « tellement c'est bien ». On a passé une soirée magique. Elle m'a autorisé à l'appeler « Al », c'était comme ça que tous ses amis l'appelaient. Je n'ai pas arrêté de regarder sa bouche, sa lèvre inférieure surtout. J'ai fait attention à tous ses gestes, quand elle rabattait sa mèche de cheveux, quand elle faisait redescendre sa jupe au moment de se lever, d'un coup sec, pour aller fumer dans la rue, quand elle disait « Ah... » de

joie, un « Ah… » presque muet. Je me la suis figurée dans mon lit double place à sommier latté, prononçant ces « Ah… » pour moi.

Après le dîner, nous avons marché jusqu'à l'entrée des catacombes officielles (certains individus empruntaient d'autres chemins pour mieux s'y perdre, a dit Anne-Laure, Al ; cela devait flatter leur velléité d'insoumission, ai-je pensé). La pluie tombait doucement et les voitures n'éclaboussaient pas les passants comme dans les films. Ce drame ralenti nous a rendus nerveux. Il aurait fallu qu'il se passe quelque chose ou que nous soit évitée l'éventualité qu'il se passe quelque chose. Rien n'était inscrit au scénario entre le bistrot et le métro, sinon le baiser ou l'évitement du baiser. Sur quelques mètres, on s'est engagés dans un dialogue dont la teneur mérite pour l'exemple qu'on en rende témoignage.

— Tu es très grand, en fait.
— Est-ce que ça te pose un problème ?
— Non, non. Pas du tout.
— Tiens, il pleut, regarde.
— Oui.
— Mais il fait chaud, quand même.
— Oui, c'est bientôt l'été.
— Ah, oui.

Au moment où j'ai tenté de lui prendre le bras, Al s'est raidie, sans pourtant cesser de me sourire. Elle a tourné les talons et s'est engouffrée dans la station. Cette déception a été charmante sans être compréhensible. Que voulait-elle au fond ? Que voulait-elle signifier éviter ? Voulait-elle signifier éviter ? ou non ? Je suis rentré chez moi en taxi. Le poste de radio diffusait des chansons d'amour. J'ai bien écouté leurs paroles, qui n'ont fait que soulever des questionnements supplémentaires. Le lendemain matin, dimanche, alors que j'étais en train de réaliser ma vidéo hebdomadaire avec mon caméscope à zoom optique 35 × et zoom numérique 1 000 × (à propos du trajet du bus 63 : je me suis filmé dans la rue en train de prendre ce bus et j'en ai décrit l'itinéraire en même temps – c'était pour ceux de mes contacts étrangers qui voulaient connaître Paris), un SMS a fait vibrer la poche où se trouvait mon téléphone portable : « Charles, je t'aime beaucoup, mais juste comme ça. C'est de l'affection aussi, mais pas de l'amour amoureux, tu vois ? Enfin, si tu ne veux plus me revoir, je comprendrais. Moi, j'aimerais bien quand même. A-L. »

Ouch !

C'était le jeudi suivant, dans la grande librairie de la place de Clichy, je recherchais des classiques pour me mettre au niveau, mise en condition avant de rappeler Anne-Laure comme un bon copain lecteur. Je fus empêché d'accéder au rayon des versions abrégées par <u>l'extrême corpulence d'un homme impotent</u>. Au moment où il se retournait, je reconnus et son visage et son voisinage. Il portait une chemise bleu clair manifestement hors de prix, des santiags ridicules, une ceinture à la mesure de son diamètre, une canne en ivoire qui l'aidait à marcher. Il avait l'air désagréable que je lui avais trouvé sur la quatrième de couverture et la démarche burlesque que j'analysais souvent depuis ma fenêtre. C'était lui et encore lui, c'était vraiment lui, maintenant ça ne faisait plus l'ombre d'un doute. Sans plus attendre, je lui adressai la parole.

— Vous, vous êtes Rémy Gauthrin ?
— Pourquoi, vous voulez un autographe ?
— Non. Je me demandais si c'était vous, c'est tout.
— Ben voilà, oui. C'est lui-même.

Le gros type en photo sur la couverture du livre d'Anne-Laure et le gros type d'en face ne faisaient qu'un et il était là, devant moi, dans le rayon des classiques abrégés. Parce qu'il pensait que j'étais curieux de littérature, il désigna, en face de nous sur une table, un gros livre sombre, le titre marqué en blanc : *Le Livre de l'intranquillité*, par un certain Bernardo Soares.

— Tu connais ? C'est le meilleur livre du monde. Fernando Pessoa est le meilleur auteur du monde. Il n'en reste qu'un exemplaire, tu devrais l'acheter. Enfin bon, tu en ferais quoi de ce livre ? J'aimerais bien le savoir. Pour moi, ce livre est nécessaire, non pas utile, tu m'entends ?

Non mais, qu'est-ce que c'était que ce dingue qui m'agressait avec ses problèmes personnels, d'abord ? Je n'allais pas acheter le livre qu'il me conseillait, j'avais suffisamment de retard à rattraper, et j'aurais plus tard l'occasion de comprendre que Fernando Pessoa était aussi Bernardo Soares. Pour l'heure, je restais sans voix devant ce qui m'arrivait. Après avoir payé ses bouquins, toujours dans cette mise en scène de lui-même, il les sortit de son sac et les plaça contre son cœur, dans sa redingote. Ces livres lui firent le cœur gros. Sur le pas de la porte de la grande librairie, je le saluai, intranquille.

Telle fut la teneur de mon unique entrevue avec l'homme de lettres. En rentrant chez moi sans avoir eu le courage d'acheter un seul livre, j'aperçus Rémy Gauthrin devant son ordinateur, habillé de la même manière que dans la librairie. J'avais sous mes fenêtres l'écrivain préféré de Al. J'étais fort de cette découverte mais je choisis de conserver mon secret, de ne pas faire état de mon privilège. Sous mes yeux, ce qu'elle n'aurait jamais. C'était tout ce que j'avais trouvé pour la dominer, par la pensée du moins.

Wikipédia, encyclopédie collective et partagée, proposait une fiche sur Rémy Gauthrin. C'était le premier lien qui sortait sur le moteur de recherche, précédant son site officiel, dont le graphisme datait un peu, précédant aussi les liens vers les sites marchands sur lesquels se procurer ses ouvrages. Un peu plus bas, en frise, des images correspondant à ma recherche. Des portraits de Rémy, les joues gonflées, en gracieuse compagnie, avec une coupe de champagne, ou sur fond noir, au Salon du livre de Paris, en dédicace en Ardèche, écharpé, torse nu, de profil ou de dos. Plus bas, quelques sites ou blogs que l'association des mots-clés « Rémy » et « Gauthrin » plaçait encore en première page. « Rémy Gauthrin » voisinait ici avec des termes graveleux, surprenants, violents parfois. Plagiat, salopard, toxico, pervers, imposture, saint patron de la contrebande, etc.

Rémy Gauthrin
Pour les articles homonymes, voir Gauthrin et Rémy Gauthrin

Rémy Gauthrin est un écrivain français né le 16 avril 1965 à Douai (59).

Sommaire
1 Biographie
2 Symbolisme topographique dans l'œuvre de Rémy Gauthrin
3 Bibliographie
4 Polémique
5 Anecdote
6 Divers

Biographie [modifier]

Rémy Gauthrin est le fils d'un officier de l'armée de terre française, sa famille maternelle est originaire du Tarn-et-Garonne. Sa jeunesse se déroule entre Douai, Verdun, Perpignan et Saint-Denis de La Réunion. Il pratique les arts martiaux dès l'âge de dix ans : judo, karaté, ju-jitsu. Aîné d'une fratrie de trois, il perd son frère Vincent dans un accident de voiture en août 1980. Sa sœur cadette, Sylvie Gauthrin, photographe, travaille actuellement pour Reporters sans frontières après avoir été otage en Irak. En 1999, son exposition au Jeu de Paume *De la barbarie comme idéal*, dévoilant des corps dépecés au format 11 × 5,5, aura marqué les mémoires.

Après deux ans à la faculté de droit de Rennes, Rémy décide de mettre fin à ses études. Il monte à Paris en 1984 où il devient reporter sportif pour la presse quotidienne et fonde l'année suivante la revue d'arts martiaux *Trauma*, dont il sera rédacteur en chef. En parallèle, il poursuit la compétition en ju-jitsu. À la suite des épreuves de sélection régionale, Rémy est qualifié pour participer au championnat de France (1987). Il est gravement blessé aux genoux lors des préparations et forcé de renoncer à la compétition. S'ensuit une profonde remise en question qui débouchera sur une dépression nerveuse et une prise de poids importante, ainsi qu'une obsession pour les théories de la non-violence. Obèse et infirme à vingt-deux ans (on lui apprend qu'il ne pourra plus remarcher sans sa canne), il entreprend de débuter une carrière littéraire. En 1989 paraît *Fantassin sur la grève des souvenirs*. Rémy y conte ses errances, ses amours estudiantines et son désir d'un monde meilleur, sans guerre ni souffrance. « Les chansons de Daniel Balavoine ont alors été une influence majeure », confesse-t-il à une journaliste radio. Il poursuit sa carrière dans les années 1990 avec une trilogie remarquée (*Le Voyage en Tunisie*, *Nous nous sommes tant menti*, *Palerme et toi*), qui met en scène sa relation tumultueuse avec l'actrice porno Beth Bams, qu'il épouse en 1995 et dont il divorce en 1998. Tirant parti des ressorts de l'autofiction, Gauthrin construit un triptyque original où se chevauchent « le temps réel » (chapitres pairs, dits « rouges », à Paris) et « le temps du désir » (chapitres impairs, dits

« bleus », à Tunis, à Corfou et à Palerme). En 1997 paraît son second recueil de poèmes, *Cash back, poétique du CAC 40*, unanimement salué par la critique. Son roman *La Soumission des élus*, l'année suivante, fait l'objet d'une adaptation cinématographique en France sous le titre *Le Loser* (2e prix du festival du film noir de Ham-sur-Heure). Suivent *La Porte fermée* (2002) et *Être soi et mourir* (2005), romans qui lui assurent une renommée internationale. Une biographie révélant un John Wayne intime, inattendu, sensible, puis un carnet de voyage où Rémy fait la part belle aux cafétérias des stations-service et enfin un livre-hommage au whisky écrit en collaboration avec le directeur d'une grande distillerie écossaise viennent compléter une œuvre riche et rare, où l'amour des femmes et l'anéantissement de la souffrance occupent une large place, faisant honneur au XXIe siècle littéraire français. Dernier roman paru : *Et si c'était faux ?* (2010).

Symbolisme topographique dans l'œuvre de Rémy Gauthrin [modifier]

Rémy Gauthrin se définit depuis ses débuts en littérature comme « un écrivain régionaliste de Paris et ses faubourgs ». En réponse aux accusations de parisianisme, il convoque un « symbolisme topographique ». Saint-Germain-des-Prés, le quartier de Passy, le boulevard Saint-Michel, la rue de Seine, le Bon Marché, le quartier de la gare Montparnasse et les magasins Monoprix fonctionnent à cet égard comme des leitmotivs, dans des romans aux personnages exclusivement parisiens. Exception faite des chapitres du « temps du désir » de la « Trilogie rouge et bleue », l'éloignement géographique de Paris est toujours chargé d'une signification négative (suicide, ruine, transsexualité, addiction aux stupéfiants, vol à main armée, prise de poids, incontinence, etc.).

Bibliographie [modifier]

- *Fantassin sur la grève des souvenirs* (1989)
- *Le Voyage en Tunisie* (1992)
- *Percer Paris* (poésies) (1993)
- *Nous nous sommes tant menti* (1996)
- *Palerme et toi* (1997)
- *Cash back, poétique du CAC 40* (poésies) (1997)
- *La Soumission des élus* (1998)
- *In memoriam John Wayne* (biographie) (2001)
- *La Porte fermée* (2002)
- *Être soi et mourir* (2005)
- *Voitures, valeurs, virées violentes* (carnet de voyage) (2007)
- *Petit bréviaire à l'usage des amateurs de double scotch* (écrit en collaboration avec Clyde MacRae) (2008)
- *Et si c'était faux ?* (2010)

Polémique [modifier]

Une affaire de plagiat oppose Rémy Gauthrin à Pierre François-Wood, ce dernier l'accusant d'avoir utilisé un échange d'e-mails confidentiel afin de nourrir le dialogue entre la prostituée et le trader dans la seconde partie de *La Porte fermée*.

Anecdote [modifier]

On aurait retrouvé Rémy Gauthrin en état d'ébriété, déguisé en milicien sous le pont de l'Alma dans la nuit du 8 au 9 mars 2004. Il se refuse à tout commentaire sur cet épisode.

Divers [modifier]

Rémy Gauthrin est fan de cuisine thaï et de mangas. Il collectionne les vieilles automobiles (Dyane 6, Lotus Seven, Peugeot 403), qu'il aime comparer à des « jeunes femmes ardentes et drues » (*Palerme et toi*, à propos de l'Austin Healey de Rodrigo Johnson, au chapitre 7).

L'historique de composition de la fiche Wikipédia de l'écrivain était fourni. Il indiquait que, depuis six ans, celle-ci avait été complétée ou corrigée par dix-neuf internautes différents. Les contributeurs ergotaient pour des détails (l'adjectif « tumultueuse » qualifiant sa relation avec Beth Bams notamment, et puis l'orthographe de « ju-jitsu », rectifiée cinq fois de suite par des experts en arts martiaux ou en phonétique du japonais). On se demandait bien ce qui motivait Licorne42, Muddybluesies ou Coccinellefragile à interchanger ou à contredire les données de cette page aussi souvent. Une passion pour Rémy Gauthrin, pour son œuvre ? Une passion pour Wikipédia, pour les fiches bien agencées ? Une passion pour le ju-jitsu ou une passion pour l'ergotage ? Je tirai de cette lecture un sentiment double, rire intérieur et agacement simultané. Genèse éternelle du vent, travail de fourmi sans intérêt, fixation sur l'anodin qui donnait des envies de censure. Je pouvais, si je le souhaitais, ouvrir un compte sur le serveur de l'encyclopédie en ligne et supprimer la fiche, ou simplement certaines des contributions récentes. Si je le souhaitais. En quelques heures, elles seraient rétablies. Ma participation au projet collaboratif serait peine perdue.

Le jour où nous décidâmes d'être des amis, Al ne me parla que de lui. Elle m'assénait des vérités : Rémy Gauthrin était l'homme que tout le monde enviait. Malgré son embonpoint (le pauvre bougre, et je le vérifiais de ma fenêtre, n'avait jamais perdu les kilos emmagasinés après son accident de ju-jitsu), sa dépression, sa calvitie et son pas claudiquant, il avait trois automobiles de collection dont une Traction, une œuvre littéraire idéalement distribuée en France métropolitaine, de la petite librairie du Marais à la gare de Montpellier-Saint-Roch, un cent vingt mètres carrés à Passy (mais elle ignorait où exactement) et une moyenne de quatre maîtresses régulières, que l'obésité ne rebutait pas. Ses frasques étaient connues de tous, on excusait le scandale au nom du génie. Encore que celui-ci fût uniquement validé par les cinq ou six critiques littéraires qu'il invitait le dimanche à faire des tours en voiture dans le bois de Boulogne et bien que son œuvre ne bénéficiât pas des faveurs de l'Université. Anne-Laure Bagnolet voulait changer tout ça, elle disait qu'il méritait une « réception plus académique ». Comme sur la fiche Wikipédia, Al soutenait que Rémy Gauthrin faisait « honneur au XXIe siècle littéraire français ». Peut-être en avait-elle été l'une des contributrices ? Elle n'imaginait pas que l'intelligentsia puisse faire l'impasse sur une œuvre aussi variée, « riche et rare, où l'amour des femmes et l'anéantissement de la souffrance occupent une large place » (Wikipédia toujours). Et puis, elle répétait que Gauthrin était « contre l'époque ». « Contre l'époque » était sa lubie personnelle.

— J'ai commencé très tard à lire de la littérature contemporaine. Je ne lisais que les morts, selon le principe qu'un bon auteur est un auteur mort. Je crois que je me trompais : en tenant la mort pour critère de sélection, j'en faisais un critère d'excellence. Seulement, la plupart n'ont pas le droit à la résurrection ! Un jour, pendant mon année d'hypokhâgne, je tombe sur un bouquin de Rémy Gauthrin au CDI. *La Soumission des élus,* en poche. Comme je venais de ramasser une note négative à ma dernière version de latin, j'avais une rancœur du type « les premiers seront les derniers ». Ce titre sonnait comme une vengeance. Malgré mes lectures obligatoires, j'ai dévoré ces deux cent dix pages sans la moindre culpabilité.

— *La Soumission des élus* ?
— C'est l'histoire d'un professeur de mathématiques qui veut tuer un élève de sa classe de terminale, parce que le type sort avec une fille dont il est fou amoureux. Mais la mort le devance : le jeune se noie. Ça se passe lors d'une sortie en bord de mer, et il le laisse crever, comme ça, sous ses yeux. Il le regarde depuis le ponton, avec des

jumelles, mais n'appelle pas à l'aide. Seulement, il y a des témoins...

— Voyeur ! Et comme toujours chez Gauthrin, quand on s'éloigne de Paris, il arrive des malheurs...

— Bien vu, mais je ne te dis pas quoi. Seulement ceci : *La Soumission des élus*, c'est le roman du ratage. Si tu en as l'occasion, il faut que tu voies aussi l'adaptation en film, *Le Loser*. En fait, après avoir fini ce livre, j'ai lu tout ce qui était déjà paru. Puis j'ai suivi Gauthrin, j'ai acheté tout ce qui sortait. *Palerme et toi*, par exemple, c'est superbe, c'est vraiment contre l'époque. Et puis son essai sur John Wayne, il m'a fait aimer le western. Gauthrin démontre que John Wayne était en fait un hypersensible, ça m'a plu. En master, j'ai décidé de faire de ses livres mon sujet de mémoire.

« Contre l'époque » sonnait généralement comme un argument d'autorité. J'avais déjà remarqué cette tendance chez les personnalités intellectuelles, je veux dire les gens qui lisaient autre chose que des guides de voyage ou des manuels de cuisine. Il semblait capital pour eux de vouloir à tout prix s'opposer à ce qui était accepté par le plus grand nombre, de mettre en doute ce qui avait maintes fois prouvé son efficacité. Cette prise de position m'apparaissait d'autant plus vaine qu'elle n'était pas ciblée : on

[Note manuscrite en haut : TOUS LES INTELLECTUELS VEULENT ÊTRE PROFONDS]

[Note manuscrite en marge : Ce parfois, la réalité est trop dure ; il faut s'en échapper !!]

pouvait être contre un parti politique, contre les organismes génétiquement modifiés, contre telle ou telle expression du langage courant, contre la publicité sur les chaînes de télévision du service public, contre les plats surgelés. *Littéralité et littérarité dans l'œuvre de Rémy Gauthrin*, mémoire que Al avait imposé à un professeur spécialiste en roman contemporain, tentait de prouver ô combien ses livres étaient contre l'époque.

– Bien sûr, je n'ignore pas que beaucoup lui reprochent son côté « fleur bleue », son romantisme adolescent, l'immaturité de ses personnages. Mais moi, je connais son âme. Moi, ce que je viens chercher chez lui, c'est justement ce décalage avec la réalité. Parfois la réalité est trop dure. La littérature rend la vie supportable.

Dans son cent vingt mètres carrés en face de chez moi, Rémy écrivait, écrivait. À la suite de cette conversation, je me mis à imaginer sa vie. Il n'était pas contre l'époque, non, il luttait juste contre l'ennui. Il tentait de « rendre la vie supportable ». Il avait voulu se suicider après son accident aux genoux, sous prétexte qu'il était un bon à rien, et puis il avait croupi dans le désœuvrement. Alors, au bout de quelques mois de gamberge, il avait eu une idée fixe : écrire, écrire, écrire, comme s'il n'y avait plus que ça.

« Écrrrire ! » s'égosillait-il sur son lit d'hôpital et sur sa chaise roulante, quand sa maman l'avait ramené à la maison. En touchant pour la première fois ses béquilles, aussi. Écrire pour survivre atrophié. Ne plus faire la vaisselle, ne plus faire de lessive, écrire. « Maman, repasse-moi mes chemises, toi qui sais si bien faire. Moi, j'écrrris et j'invite des filles chez moi, pour rendre la vie supportable. » C'était ce que je me figurais, d'après le spectacle nocturne qui se déroulait sous mes fenêtres, ou ce que Al me laissait entendre, ou même ce qui se tramait dans l'historique de composition de sa fiche Wikipédia, où des fans supprimaient et rétablissaient régulièrement des anecdotes sur son intimité avec Beth Bams et quelques autres. Ces conquêtes et ces coups de théâtre étaient mon rêve pour lui. Mon imagination servait le mieux. L'écran faisait écran, là où le rêve permettait la vie.

Des écrans différents pour tout le monde

Lorsque le téléphone fixe sonnait comme ça sans s'arrêter en évitant soigneusement le répondeur vocal, en renouvelant plusieurs fois de suite son agression sonore à vous donner des envies de le coller dans la poubelle des déchets non recyclables, je savais que c'était ma mère qui appelait.

– Charles, est-ce que tout va bien ?

Seconde fois en moins de vingt-quatre heures qu'elle me posait la question, cette vendeuse de plastique qui avait obtenu la suprême distinction du Saladier d'Honneur après avoir excellé dans le refourguement de quinze services « Prestige plein' air » et de trente spatules en silicone pendant la semaine de l'opération « Faites-vous plaisir ». On avait cru trouver ma voix étrange au téléphone la dernière fois, on s'inquiétait, donc on rappelait. De son côté, ça allait. Elle avait

elle sait que Charles est fou

l'impression d'une seconde jeunesse. Ça boumait, même. À Montpellier où elle habitait maintenant, elle organisait des soirées yéyé avec d'autres individus de sa caste. On y dansait le twist sur des standards de Richard Anthony et on buvait du Pschitt orange et du Pschitt citron, bouteilles payées à prix d'or et sans doute contrefaites, importées par des filières parallèles d'amoureux du vintage. C'était à défaut de trouver du soda Vérigoud (« C'est si bon »), son préféré, qui avait été quant à lui éradiqué du globe. L'herbe est toujours plus verte chez le voisin, voire chez les macchabées. Alors comme ça, elle s'éclatait. « C'est ma fête, je fais ce qui me plaît. » Bien sûr, elle n'appelait pas cela des events. Elle disait qu'elle faisait des surprises-parties, avec Sylvie, Patricia et Jean-Loup. Claudine, Bernard et Didier. Jean-Pierre, Michelle, et puis Marie-Christine, qui pour faire plaisir aux copains ressortait son mange-disque.

Autrement, quand elle ne dansait pas le twist, elle pensait à son fils à Paris, parfois à sa fille en Égypte (« J'aimerais bien qu'ils se marient, avec Brian »), mais jamais à son époux à l'asile. Ses affaires prospéraient sans qu'elle évoque directement l'internement de Papa. Elle me priait toutefois d'aller le visiter, comme on donne des instructions pour l'arrosage d'une plante verte. Je m'étais demandé ce que cela lui aurait fait s'il était mort. J'étais prêt à parier que la conversation eût alors été d'ordre matériel ou logistique. Choix du bois de cercueil, un vin d'honneur ou non après la cérémonie, à qui léguer sa paire de richelieus aubergine, etc. Je n'avais toutefois pas besoin de ses recommandations par e-mail (elle disait « courriel », par respect pour la langue française, et se demandait si les messages arrivaient quand l'ordinateur était éteint), pas plus que de ses harcèlements téléphoniques. Moi, j'allais voir Papa chez les fous de mon plein gré. Et j'étais bien le seul. Quelques mois avaient passé, il avait eu l'autorisation de changer de quartier, avait vécu cela comme une promotion, avait voulu organiser un pot intercellule. Mais on ne l'avait pas autorisé. Tout de même, on lui avait ouvert les portes. Il était passé du quartier 3 au quartier 2. Dans le quartier 2, on avait le droit, entre autres, de regarder la télévision. Ça n'avait pas été une mince affaire, le trajet, parce qu'il était sorti de sa cage en marchant à reculons.

– Pourquoi c'est si dur, dis-moi, d'aller en 2 ? Tu crois que je ne suis pas prêt ?

– Ben, c'est peut-être un peu prématuré ? Tu avais mis ta bouée de sauvetage ?

– La bouée et aussi les gants de protection contre les éclats de friture. Je suis sorti de l'enclos courageusement. Maman dit toujours à Sophie, quand elle se promène dans des endroits

[marginalia: vraie troglodyte]

malfamés, pour ne pas risquer de se faire emmerder : « Ne regarde personne, prends un point fixe et marche rapidement, ils ne t'approcheront pas. » J'ai appliqué les conseils de ta mère, fixé un point dans l'horizon en marchant vite. Mais quand même, j'ai senti tous leurs regards se poser sur moi, comme s'ils m'accusaient, et puis comme s'ils ne voulaient absolument pas que je m'en sorte. C'est l'humanité qui est malfamée, si tu veux mon avis.

Je n'étais pas loin de penser la même chose. J'avais pour moi que j'arrivais à me promener dehors sans combinaison contre les gens, mais je voyais bien où Papa voulait en venir. La folie est une expression sans nuance de la vérité. Nous autres sans combinaison, on la nuance pour rester sociable, tisser du lien affectif, trouver un emploi, se sentir moins seul. On adapte, on biaise. Parce que si on restait dans le droit chemin, on ne resterait pas en vie. Ou bien direction l'asile. Alors on fait des concessions avec la vérité pour éviter de finir braque. Rester honnête reviendrait à céder le terrain au délire. Mais je restais silencieux, je ne pouvais pas lui raconter tout ça. N'était-ce d'ailleurs pas trop tard pour lui faire comprendre comment à tout prix ne pas devenir dingue ?

Pas tant que ça, finalement. Pas trop tard. Papa et moi, nous eûmes à cette époque les conversations que nous n'avions jamais eues avant. La régression et le traitement à base de neuroleptiques me le rendirent sympathique comme jamais. Ma peur de lui s'estompa petit à petit. On peut avoir peur d'un enfant, on n'a pas peur d'un jouet du destin. Papa-hochet des éléments, emporté par l'évidence et la faisant jaillir de lui-même, après l'avoir niée toute son existence : il avait un passé. Et ce passé me fut révélé, à moi son fils qu'il ne connaissait pas non plus. Mais ce n'était pas à moi de parler le premier, j'avais d'abord à vivre. Je pourrais raconter ma vie à mes enfants. Lui devait délivrer la chose, il avait tant tardé à le faire que ça en devenait odieux, invraisemblable d'invisibilité. Maintenant je parvenais à m'approcher de lui sans trembler, en le maudissant presque. La contrariété se lisait sur mon visage, mêlée à sa plus grande décontraction. C'était nouveau et dérangeant, d'un coup. Se rendait-il compte que nous changions de rapport ? Puis j'ai tourné en rond, avec l'ambition sérieuse de le botter à terre dans sa cellule ou dans le parc à fous, de lui dire : « Parle, je veux les entendre, ce quoi et ce comment, parle donc ! » Je ne concevais pas mes visites à l'hôpital comme il concevait son séjour à l'hôpital. Lui il se ressourçait, moi je luttais, englué dans les murs mêmes de son apaisement. Je maugréais encore d'un curieux restant de trouille. Petit à petit l'état du patient s'est amélioré, tandis que ma colère est redescendue. Il était fada, j'étais devenu bienveillant. Quoi et comment au placard des revendications. Alors, au bout d'un moment, le bilan s'est imposé, la cause du mal troussée comme une garce : je n'avais pas la traître idée de ce qu'était un père, de qui était mon père. S'il ne m'a jamais dit quoi et comment faire, c'est que je n'ai jamais su qui il était.

Avant le quoi et bien avant le comment, il y eut aussi le qui. Je vais tenter sur ces pages de restituer ce que je sais de lui, d'après ce que nos conversations de l'hôpital m'ont appris. Papa est né le 13 août 1947. Il a eu la dalle au début, à cause des tickets de rationnement. On en déduira son obsession du manque de pain et du manque d'argent. Il n'en a jamais manqué mais ce sont des choses qui marquent un bébé, sans doute. Mon grand-père est revenu du STO avec mauvaise mine mais sans perdre un iota de sa gouaille légendaire. Oui, parce que la gouaille, mot vieilli fini cassé, c'est la légende de mon grand-père, mort à quarante-six ans dans les eaux de l'Atlantique. Gouailleur jusqu'à la crampe, beau parleur contorsionné jusqu'au flottement sans bruit de ses membres sur l'Océan. Qu'il la ramène encore, repêché par le filet des marins, et j'éclate de rire. Sa gouaille nous l'avons perdue dans les vagues. Nous, Patrick et Charles, sommes devenus des sensibles, des silencieux, des faussaires. Mieux vaut se prémunir du pire comme du meilleur, nous sommes devenus morts parce qu'on a qu'une vie. Qu'à cela ne tienne, Grand-Père aurait rencontré ma grand-mère à l'automne 1945 et lui aurait fait le coup du chocolat et des chewing-gums (comme quoi cela sert, d'avoir des relations chez les US marines), on attrape vraiment les femmes avec n'importe quoi. Le mariage a eu lieu l'année suivante et, dans l'ordre des choses, la naissance de Papa l'année encore d'après.

La petite sœur de Papa est née le 15 octobre 1951. Martine, sa sœur adorée. Ma tante et marraine qui nous avait quittés quelques mois auparavant, dans des circonstances assez douloureuses (c'est ce qu'on disait pour parler du suicide, chez nous). De ça aussi j'aurais voulu savoir le quoi et le comment. Après tout, j'occupais son appartement. Mais ce n'était sans doute pas le moment d'évoquer le malheur. Dans son récit mythique et désordonné, Papa la décrit comme une emmerdeuse espiègle, la fée du harcèlement, une enfant à la mesure d'un dragon. Il rappelle la fois où elle s'est déguisée en Sainte Vierge, celle où elle a volé des sucettes dans une boulangerie, comment elle a eu 17 au bac en histoire. La fois où elle a planté une 2CV dans un platane. Il évoque aussi sa souffrance et sa fragilité. Il pleure, il rit aussi, en prononçant son prénom, Martine. Il la revoit sur son tricycle au soleil, dans son manteau anglais à Noël (en drap de laine et velours bleu, à double boutonnage), ou dans les bras de Grand-Père gouailleur. Martine paraît une autre Martine, pas celle que j'ai connue. Une Martine légère et révoltée, sans gravité ni aigreur. J'ai aimé la découvrir avec Papa. Ce que j'ai appris là d'elle nous a donné l'envie conjointe de l'avoir encore avec nous, a fait rendre gorge au regret de l'avoir trop vue. Dieu sait qu'elle nous a manqué en chœur.

ah vraiment? Jour de la Bastille

Je suis venu le 14 juillet. Je n'avais rien de mieux à faire que d'entourer mon Papa timbré. Paris était désert de Parisiens. Rien que des touristes partout et une chaleur à crever, un orage dans un cheval de Troie. Ma grand-mère, paraît-il, parlait des « pays chauds » pour désigner tout ensemble le Togo et la Bolivie, Trinidad et Jakarta, Oran et La Réunion. C'était un style, une époque. Papa émit ce jour-là le souhait déroutant de faire flamber des bananes dans la cour du quartier 2. Requête rejetée, selon toute attente. Il eut pourtant un moment de lucidité que d'aucuns jugeront maladif. Sa voix était posée, son timbre clair, il utilisait des mots de liaison, il prenait son temps, et puis il me regardait fixement, comme pour m'aimer. Bien sûr, le discours touchait à une dimension métalinguistique saugrenue. Mais les connexions neurologiques étaient établies, le cerveau avait l'air de fonctionner correctement.

– Tu ne t'es jamais demandé pourquoi, sur les paquets de Camel, il y a un dromadaire ?

– Non jamais. Mais pourquoi ?

– Justement, on ne sait pas. « Camel » veut dire « chameau », pas « dromadaire ». Il n'y a pas de réponse à cette question. Mais je voulais savoir si tu te l'étais déjà posée.

Je n'avais pas relevé mais je voyais où il voulait en venir. Qu'est-ce qu'on pouvait être pareils, à se poser des questions tordues, à les trouver plus intéressantes que les réponses, à chercher la vérité sans vouloir l'atteindre et désirer sans cesse quelque chose qui n'existe pas. Ou qui existe là, sans qu'on le voie, sans l'apprécier à sa juste valeur. Ça existait sous nos yeux, l'amour, la compassion, les autres. Nous étions déjà au cimetière. Nous étions juste des endormis en jumelage, des cavaliers au caveau. Sous un parasol, on gardait nos justaucorps, par peur de chaleur et de froid mêlés. Or il fallait se déshabiller pour plonger dans la mer, quitte à s'y noyer de gouaille, à y perdre notre mort. Je profitai de cet instant de rémission du délire pour lui poser une question dont la réponse, succès garanti dans le domaine des souvenirs, saurait éclore sans ambages et sans dromadaire.

– Comment as-tu rencontré Maman ?

C'était comique, ça s'était passé en Lacoste après une partie de tennis chez des amis communs, sur de la terre battue, en juillet 1972. Un double gagné jeu, set et match par l'équipe des filles, la honte absolue. Patrick et Jean-Claude avaient été humiliés comme jamais, alors ils avaient décidé de prendre leur revanche au baby-foot du Bar des Amis, au village voisin. Papa avait encore en mémoire la concentration surjouée de Maman sur les poignées et son suivi tragique de la balle circulant entre les bonshommes rouges et bleus sans bras tout bruns coiffés pareil. Elle avait décidé de gagner, une fois encore. Elle lui plaisait comme ça, ça lui plaisait de perdre pour elle. Betty et Jean-Claude avaient repéré le manège, on les avait laissés tout seuls après la partie. « À charge de revanche, avait-il déclaré. Je t'offre un drink demain, même heure et même lieu. » Pas battue, jamais, Maman. Elle était arrivée avec cinquante minutes de retard. Quand il l'avait vue débarquer, il avait su. C'était elle, c'était tout. Il fallait qu'elle gagne, qu'elle le gagne. Dès ce jour-là, c'était scellé, c'était eux.

Comment avait-il fait pour attendre aussi longtemps ? Personnellement j'aurais fait usage du portable dès les premières minutes de retard et laissé trente-trois messages dans le style détaché. Je voyais d'ici l'appareil de compétition, en bakélite avec un énorme interrupteur et le cordon de la recharge orangé caoutchouteux. Se figurer l'aspect d'un cellulaire de 1972 constituait un défi excitant. Sans écran, sans touches, avec un cadran rotatif miniature et un combiné grotesque. On pouvait aussi se le représenter une décennie plus tôt, en 1962, où il aurait encore fallu demander la ligne avant de tomber sur Maman. « Monique, au 33 67. Une grande brune avec un téléphone marron, oui c'est ça. Merci mademoiselle, je ne quitte pas. »

Voilà comment Papa avait séduit Maman, sans portable et sans ordinateur. Voilà comment il me le racontait. Comment j'apprenais à le connaître, à quoi on passait notre temps, nous, pendant que l'autre hystérique de Montpellier, si différente de la Monique du récit, se trémoussait en minijupe sur des twists en provenance du Teppaz de sa jeunesse perdue.

[annotation manuscrite : bizarre, hein ?]

Depuis quelques jours, Rémy Gauthrin avait mauvaise mine. D'abord, j'étais étonné qu'il passe l'été à Paris. Je l'aurais imaginé plus entouré. Personne ne voulait donc de lui sur la Côte ? Le petit noyau des Parisiens sans vacances s'amenuisait de semaine en semaine. Nous entamions la période critique permettant l'établissement d'une élite de martyrs prêts à tout sacrifier pour se maintenir ici, maîtres à jamais des stations de métro et des arrêts de bus, parvis d'églises déserts, carrefours sans circulation, quais de Seine transformés en plage et terrasses de cafés sans serveurs. Gauthrin n'avait rien trouvé de mieux que de concourir à ce petit jeu, dont je me rêvais l'unique challenger dans le périmètre. Il faisait la grimace, trouvait ça rude, que ce n'était plus de son âge, etc.

En ces temps chauds, nous avions une petite supérette de quartier qui faisait le bonheur des riverains, surtout à cause de son air conditionné, qui minimisait les relents du diffuseur d'odeurs. On y trouvait des produits bio et de la *fusion food*, ainsi que des machines à pain individuelles où le client enfournait une préparation au levain de sa confection. Un atelier cuisine déployé au fond du magasin, sur des tables en verre trempé, au piètement chromé, à la structure métal. On regardait comme au pressing la force centrifuge malaxer la pâte à travers la vitre de cette machine à laver alimentaire. Lorsque le pain était prêt, celle-ci émettait un bref signal sonore autorisant à s'en saisir et à se rendre en caisse, muni de son ticket de pain. Je ne m'en étais servi qu'une fois. J'avais croisé Gauthrin se débattant avec l'une d'entre elles, et n'en tirer qu'une mie blanchâtre et d'apparence difforme. Puis il avait déambulé hagard au rayon « Plaisir solo » pour s'acheter un plat cuisiné sur lequel on lisait « Délicieux » et un ensemble de salades bizarres vendues sous cellophane, « Savoureux mélange asiatique – Pousses de soja coréennes et algues d'Okinawa – Hypocalorique ». L'idée du régime, je l'avais trouvée excellente. Mais lui tirait la tronche et se ratatinait comme un petit vieux.

Courbé sur son bureau en plus d'être infirme, l'homme de lettres veillait toutes les nuits pour me faire concurrence. Alors que l'insomnie semblait m'aller au teint, Rémy s'amochait sévère, et la tête et le corps. En observant ce moine obèse gesticuler tout seul chez lui, je me figurais son existence du moment. Son destin de lecteur ankylosait sa musculature. Incapable de vivre sans marque-page, il souffrait d'un rapport faussé à la boue, à la violence, à l'affection. Il lisait des essais de sciences humaines, plongé dans Lévi-Strauss comme d'autres conservent au-dessus de leur lit un poster de palmeraies décoloré. L'anthropologie était son île mystérieuse et jaunie, monsieur voulait partir au Brésil mais il avait peur de l'avion. Et il séduisait les filles, avec une désinvolture présentant toutes les particularités du détachement. C'était un tombeur, sa collection de pépées faisait rêver. Où les pêchait-il ? Se passionnait-il pour l'ichtyologie ? Pratiquait-il, lui aussi, la plongée sous-marine dans les eaux de la mer Rouge ? Rémy ferrait les poissons jeunes, les joues roses, l'esprit fasciné. Il avait eu Élise et Marie-Blanche, des petites du VIe arrondissement, des culbutes du carrefour Sèvres-Babylone, Kamissa et Sifa du 93, étudiantes à Paris IV ratant pour la troisième fois le CAPES de lettres modernes, qui l'avaient accueilli chacune à son tour (même si elles étaient copines) comme Musset et un examinateur de la Maison des Examens réunis, et puis cette grande blonde, Pétronille, qui l'avait beaucoup excité avec son prénom ridicule. Sage Helvète se révélant dans l'étreinte assez ambitieuse, la rigueur protestante ravalée et le souvenir de son père pasteur dans les alpages, dont elle vantait les mérites oratoires devant le parterre d'une société rurale, en proie comme celle des villes à la déchristianisation. Ainsi je les nommais, leurs corps nus plus désirables encore que si elles avaient été dans mon lit. Depuis l'écran de ma fenêtre, je les voyais le tourmenter. Je savais qu'elles le touchaient, et combien. Un isolement prolongé caractérisait ses défaites émotives, il buvait pour tenter de s'affranchir du spleen et coupait son téléphone portable. La soûlographie et l'ascèse technologique, contreforts de toc, le fragilisaient comme une petite fille.

Deux appels en absence, l'un à 21 h 03, l'autre à 21 h 37. Al avait tenté de me joindre sans laisser de message. Je la rappelai aussitôt. Elle était rentrée à Paris, après deux semaines passées en Italie, pour réviser le concours d'entrée d'une école d'administration dont l'acronyme ne me revient pas en mémoire. Les écrits étaient en septembre et l'oral en octobre. Elle bûcherait ici tout le mois d'août et s'était demandé si j'y étais encore. « Toujours », avais-je répondu. Je ne développai pas sur la compétition des Parisiens sans vacances mais j'étais enchanté de l'entendre, vraiment, et qu'elle pense à moi. Comment pensait-elle à moi ? Sans doute comme à un grand frère, un chevalier servant qui la sortirait le soir, la chaperonnerait dans les rues. Elle voulait en fait me faire rencontrer les garçons de son groupe de musique. Trois types de son âge ou quasi qui restaient eux aussi tout l'été à Paris, où ils exerçaient la profession de gardien de nuit dans des immeubles d'entreprises. Elle ne voulut pas me dire si c'était leur métier ou s'il s'agissait d'une occupation d'étudiants, seulement qu'ils en profitaient pour lire Dostoïevski, « et la nuit ça te rend dingue ». Je constatais que j'avais de la concurrence dans le domaine des lectures et dans le domaine aoûtien.

Un samedi après déjeuner, elle me donna rendez-vous en banlieue proche, au sud de Paris. J'avoue avoir hésité. Je sortais rarement de la capitale et c'était compliqué comme point de rencontre. La ligne de métro se scindait en deux directions, il ne fallait pas se tromper de rame. Bien sûr, c'est ce qui m'était arrivé et j'avais dû revenir sur mes pas. En plus, je n'étais pas sorti du bon côté, Al m'attendait en un point opposé sur le boulevard. Heureusement, mon smartphone faisait GPS. J'appris à cette occasion que sept kilomètres séparaient Paris de cette ville de banlieue. GPS humain, Al me guida ensuite à travers des artères remplies de kebabs qui portaient des noms de résistants, ce jusqu'à une courette intérieure. De là, elle toqua à une porte rouge. Un type chevelu, immense, nous ouvrit. Il lui dit bonjour en feignant de m'ignorer. « Ne t'en fais pas, me souffla Al, il est toujours comme ça quand il ne connaît pas. » Ce grand taciturne nous fit descendre des marches bétonnées. Je me retrouvai dans un hangar souterrain, au beau milieu d'instruments de musique, de câbles et d'amplificateurs. Al répétait là avec son groupe. Ça valait le détour.

Anne-Laure Bagnolet était la leader des Truands. Les autres membres des Truands étaient Cake, Manu et Barthélémy, avec lesquels Al m'apprit qu'elle descendait régulièrement dans les catacombes par l'entrée dite de la Petite Ceinture, sous le parc Montsouris, suivant la trajectoire de l'ancienne voie ferrée périphérique. Cake et Al étaient les guitaristes de la formation. Al chantait aussi, Cake jouait parfois du synthé. Manu, qui nous avait ouvert en haut, tenait la basse et assurait les chœurs. À jeun, il ne valait rien. Il buvait de la vodka en répétition, sous prétexte que « l'alcool dilate les cordes vocales ». Il ne m'a pas parlé une seule fois lors de ma première visite. En plus, comme il louchait, je ne savais pas comment le regarder. Plus sympathique, Barthélémy était le batteur, il y avait un grand NON sur son T-shirt. Tous étaient légèrement plus âgés qu'Anne-Laure et moi. Les Truands étaient un groupe de punk formé sous l'influence du chanteur Christophe (« nous lui devons tout ce que nous sommes », disait Cake, qui portait la même moustache). Ils dénonçaient le consumérisme avec des refrains en italien et de la réverb au mixage. C'était saccadé mais dépressif. L'album de référence des Truands en matière de Christophe était *Les Mots bleus*, mais leur esthétique du rock'n'roll relevait de l'art brut. Ils tapaient sur des taules ou s'amusaient à rire à la fin des morceaux. J'avais été impressionné de les entendre répéter la première fois, touché par les mélodies de leurs chansons, et par la voix de Al, plus haute au chant que quand elle parlait.

Après quoi je me suis rendu au hangar tous les samedis. J'arrivais vers 14 heures et y passais le reste de la journée. Avec d'autres gens venus comme moi les regarder jouer, je m'enfonçais dans un canapé sans fond et buvais de la bière. Il faisait frais et sombre dans cette planque souterraine, la lumière du jour ne nous parvenait que par les soupiraux. Je parlais avec des filles et des garçons qui avaient plus de 20,5 % de liberté pour profiter de la vie. C'était bien. Quelques légendes urbaines circulaient sur les Truands. Ils détenaient une collection de paquets de cigarettes de plus de 10 000 modèles. Ils avaient un espace privé dans les catacombes, connu d'eux seuls, où semblait-il ils les entreposaient. Ils volaient de la nourriture dans les Monoprix. On racontait aussi qu'ils organisaient des fêtes, des barbecues sous la terre, des bals costumés ou des colin-maillards. Certaines de ces sauteries duraient plusieurs jours. J'aurais voulu voir ça. On me promit, au minimum, une descente dans les entrailles de Paris.

– Une fois, racontait Al, on a fait trois jours de fête. C'était génial mais ça s'est mal terminé. À la fin, il y a eu une bagarre générale. C'est normal, au bout d'un certain temps. L'ambiance *voulait* la guerre. Je crois que s'il n'y avait pas eu la bagarre, la fête ne se serait jamais terminée.

Comme j'aimais leur musique, elle m'a gravé un CD. Je l'ai converti en MP3 et j'ai pu écouter les Truands tous les jours dans les transports en commun. Tout de même, ils avaient le succès modeste. Je me demandais pourquoi ils n'avaient pas ouvert une page de profil au nom de leur groupe sur ShowYou. Je m'offris pour la créer et les filmer. Je pourrais être leur cyber agent gratos, leur faire tourner un clip au hangar, leur proposer une interview. Mais ils disaient être contre ShowYou. Comment pouvait-on être contre ShowYou ? « On est contre, c'est tout », lançait Manu, dont le regard partait ailleurs. J'insistais – « vous gagneriez vraiment en visibilité » – sans être pris au sérieux.

On avait aussi la possibilité de se retrouver chez Al, sa grand-mère était partie en cure thermale à Saint-Jean-de-Luz. On en a profité pour retourner l'appartement. Avec leur manie de disputer des parties de pétanque sur le balcon, de déboucher les bouteilles de bière entre la joue et l'arcade et d'adouber n'importe quel mineur sous influence pour aller leur pêcher des pizzas au coin de la rue Sarrette (deux pour le prix d'une quand on venait soi-même les chercher), les Truands et leurs acolytes m'ont exaspéré autant qu'enchanté. En dépit de mes obligations d'internaute, j'ai fréquenté assidûment cette bande de rêveurs officiels, tous alcooliques au demeurant. On ne peut pas parler à mon endroit de « bouc émissaire » sans qu'on m'ait jamais surpris au milieu d'eux le plus pinté de tous, avec un appartement de vieille dame à remettre en état et des morceaux de cristal Saint-Louis sur la conscience. Anne-Laure a pris l'habitude archiviste de photographier le salon de sa Bonne-Maman après chaque soirée, amusée par l'incongruité visuelle d'une telle apocalypse. L'anarchie régnait dans le saint lieu. Soutiens-gorges et crucifix s'accordaient sur fond de techno minimale, de la cendre de joints dans les motifs d'un kilim, les bergères Louis XVI avec les platines à mixer et des photos de famille des années soixante avec des fesses ou des bras d'honneur capturés sur téléphone portable.

Al comptait sur la sénilité de Paule Bagnolet pour que nos méfaits passent inaperçus. À quatre-vingt-quatorze ans, c'était stationnaire : sourde comme un pot, vision approximative, mobilité réduite, aucun risque. C'est pourtant à cette période qu'elle se mit à penser au décès de Bonne-Maman. Elle cogita sur la communion des saints, les morts qui nous voient faire l'amour, insulter nos chefs de service ou voler du chocolat. Elle évoqua les apparitions de la Vierge, laquelle s'était plainte à plusieurs reprises aux enfants de Fatima du n'importe quoi contemporain et du manquement de ferveur des fidèles. Je ne savais pas avec qui Al faisait l'amour quand elle parlait de le faire. Tout un pan de sa vie privée m'est resté un bon moment mystérieux. Mais l'expression même de « se retourner dans sa tombe », qui s'appliquerait bientôt à son aïeule, commença de la hanter toutes les nuits juste avant de tomber dans la repentance du sommeil. « Pardonnez-nous nos offenses » : elle insistait pour voussoyer le bon Dieu, pour que cela ait plus d'impact. J'essayais de faire comprendre à Anne-Laure que Dieu, qui va toujours à l'essentiel, ne devait plus être tellement regardant sur la question de l'énonciation après de tels écarts de conduite.

– Tu as raison, c'est l'intention qui compte.

Elle priait aussi pour son père. Sa famille était assez croyante mais, en ce qui le concernait, elle pensait que sa dérive traditionnaliste avait viré à l'intégrisme. Son frère avait déjà fui à Dourdan, et tandis que sa mère s'isolait dans la vie associative, elle s'était retrouvée seule avec lui, ses obsessions et ses leçons d'histoire. Lycéenne, elle s'était juré de monter à Paris pour les études. Al aussi avait donc vécu la crise familiale, et ça nous rapprochait. Tout avait commencé, pour son père, dans les dernières années du pontificat de Jean-Paul II par une admiration appuyée pour les travaux de Joseph Ratzinger, notamment la condamnation du consumérisme et la réhabilitation de la tradition dans la liturgie. « Jusque-là, ça allait, on pouvait discuter, d'autant que ça me paraissait intelligent, comme retour. » Mais ce n'était pas assez pour lui, le latin. Il fallait rejeter le système qui lui avait permis de vivre librement. N'avait-il pas, selon l'expression consacrée, « fait » Mai 68 ? Un discours qui s'envenimait dans l'anarchisme de droite ou prétendu tel, cynisme salonnard, front identitaire de préretraité en mal de sensations fortes, abonnement à une certaine presse, pratique régulière de sacrements et de pèlerinages à bannières, le tout fantasmé, sans doute pas entièrement pour la gloire de Dieu.

– Le choc ça a été le 11 Septembre. Tout de suite, il a sorti la grosse artillerie : menace sur la civilisation occidentale, islamisation de l'Europe et tutti. Le virage politique a été suivi d'un durcissement religieux. Rome avait trahi, il criait : « Rome est dans l'apostasie ! » Il est devenu lefebvriste. C'est là que j'ai décroché. J'ai senti qu'il s'enfonçait, il mélangeait tout. Son amour jamais démenti pour l'esprit de Port-Royal-des-Champs s'est agrémenté d'une fascination toute nouvelle pour les droites françaises. Papa s'est même mis à parler de « l'infâme 14 Juillet » pour évoquer notre fête nationale. Et puis, « les destructeurs de l'État-Nation », et cætera, autant pour désigner les radicaux de la Belle Époque que l'économie de marché. On ne voyait pas bien le rapport. Les gens font ce qu'ils veulent, après tout. Si tout ça l'avait rendu heureux, personne ne se serait inquiété.

Anne-Laure parlait, parlait sans s'arrêter. Je disais qu'elle « partait » mais elle trouvait cela emphatique. En réalité, c'était bien cela. Elle jouissait de parler aussi librement. Elle explosait. Un samedi qu'on passait chez elle à regarder la pluie tomber, elle m'a mis sous les yeux une lettre qu'elle trouvait très amusante.

Mademoiselle,

Votre compte présente à ce jour un solde de -778,76 euros. Ce montant dépasse la limite autorisée de votre facilité de caisse qui est actuellement de 500,00 euros.

Cette situation entraîne la perception de frais, car tout débit qui vient en dépassement de votre facilité de caisse nécessite un traitement particulier, provoquant une facturation spécifique (cf. « Conditions appliquées aux opérations bancaires des particuliers », disponible dans toutes les agences et sur notre site internet).

Je vous propose de nous rencontrer dans les meilleurs délais afin de rechercher ensemble la solution adaptée à vos besoins.

Dans l'attente de votre appel, je vous prie d'accepter, Mademoiselle, l'expression de mes salutations distinguées.

— Il a osé signer « le Conseiller clientèle », tu te rends compte ou pas ? Il est plus direct que ça, d'habitude. Quand je suis partie en Norvège l'été dernier, il a tiqué parce que c'était un pays hors de prix. Je lui ai précisé que j'étais pas sa femme et que nos comptes étaient séparés jusqu'à preuve du contraire. Ça a dû lui donner des idées. Du coup, il m'écrit des lettres d'amour.

Elle avait une énergie qui ne s'achetait pas. Même à découvert, elle rayonnait et virevoltait d'un bout à l'autre de la pièce, la missive à la main, cette mise en scène pour être certaine de recueillir mon consentement, la quête de mon sourire comme garant de sa séduction. Elle fermait la fenêtre, dont la peinture des rebords s'effritait. Je ramassais de petits morceaux plats et blancs comme des hosties, je les cassais et j'en faisais de la poudre. À la fin de la conversation, elle s'étonnerait de la couleur de mes mains. Processus inversé, je lui montrerais patte blanche pour sortir de chez elle. En attendant, elle poursuivait :

– Albéric est un jeune cadre inquiet. Il dit toujours « le travail, c'est important ». Que l'argent, ça compte. Trente-cinq ou trente-huit ans, pas plus. Les yeux en amande, plutôt pas mal malgré quelques cheveux en moins sur le haut du crâne. Ça lui donne l'air intelligent. Reste que la dernière fois, en me raccompagnant devant le sas, il me fait croire qu'il s'intéresse à Gauthrin. Je rigole bien et je jette ma tête en arrière afin de mimer le mépris. Ce type a un culot monstre !

Elle s'asseyait, reprenait son souffle, puis repartait dans cette aigreur amusante. Le mépris en question était tout de même un peu déplacé, on n'était pas tous obligés de lire du Rémy Gauthrin. Cela dit, ce n'était pas ce qu'elle signifiait. Je crois que ce qu'elle accusait surtout, c'était la récupération du nom des choses et du nom des gens. Elle voulait que tout soit à sa place. À mon avis, elle allait être malheureuse, parce que rien n'irait plus jamais dans ce sens.

– Alberic, voyons, ne dites pas de sornettes ! Alberic, vous êtes un gros con ! Je vous écris, moi, pour vous dire que j'aimerais bien vous faire piquer ! Vous m'êtes la preuve vivante et vraie que notre vieux monde est en train de sombrer. « Gauthrin » est un mot que vous avez dû trouver par hasard sur le net, une erreur de recherche. Espèce de plouc, vous ne pouvez pas lire Rémy Gauthrin, ou le monde s'écroule. Mais il s'écroule, justement !

Puis elle me laissait improviser, je m'y prêtais de bon cœur. On gueulait ensemble. On criait « l'argent, l'argent, l'argent ! », « la plus-value immobilière ! », « les croquettes de mon chien ! », « 20,5 % de vie ! », « la facture d'électricité, bordel ! ». Il n'y avait personne dans l'appartement, on en profitait. On ne savait pas pourquoi.

– Comment vous dire, monsieur Valérien, comment vous dire… À la maison, il a toujours plus ou moins été question de blé. On n'avait pas assez de blé pour partir en vacances au Maroc ! Tristesse ! Pas assez de blé pour avoir un second petit frère ! Pas assez de blé pour en donner à la Société de Saint-Vincent-de-Paul ! On a fini par se séparer du clebs sur l'autoroute, parce qu'il mangeait trop. Voilà !

– M'enfin Alberic, c'est pas votre mère, tiens, qui vous a elle-même appris à resquiller dans les transports en commun, par hasard ? On n'aurait pas dénoncé pour de l'argent, pendant la guerre, non ?

— Il y a que... je n'ai jamais offert de cadeau d'anniversaire, et puis que je taxe toujours des clopes... et puis aussi que la drague m'emmerde, il faut emmener les filles dîner, ça coûte cher. Les sortir, et puis quoi encore ?

— Quoi encore ? Je demande toujours aux gens combien ils gagnent, ça me rassure ; je bois de la sous-marque de Coca-Cola ; je porte les mêmes calebars depuis mes seize ans ; je collectionne les pièces de cinq centimes d'euros ; mon troisième hamster s'appelait Yen ; je fais des crises d'angoisse quand un clochard me demande de l'argent devant le distributeur. Dire que ces gens ne prennent même pas la carte bleue !

— Mais, mais... Papy a pourtant roulé sa bosse comme il fallait... Vous aurait pas laissé une maison à Pornichet, un coupé Volkswagen et trois machines à laver, peut-être ? D'où vient, Alberic, votre besoin de vous sentir menacé par le manque d'argent ?

— Qui vous a empêché de dépasser tout cela ?

— Pourquoi, Alberic, êtes-vous exactement ce qu'on a voulu que vous soyez ?

— Alberic, qui êtes-vous ?

— Merde enfin, j'en sais rien moi, je ne sais pas ! Je ne sais pas qui je suis !

— Je vous propose donc de nous rencontrer dans les meilleurs délais afin de rechercher ensemble la solution adaptée à vos besoins.
— Alberic, retourne d'où tu viens !
— Vade retro, Alberic ! Je ne veux pas de ta solution adaptée ! J'ai dépensé de l'argent ce mois-ci, c'est un fait. Mais c'est mon droit inaliénable, de claquer. Quand on n'a pas, on dépasse, et c'est bien notre liberté. Tu me proposes une solution ? Ah ouais ? Mais c'est toi, ce sont les gens comme toi, mon problème ! Les gens qui épargnent, les gens qui ont peur, qui ont peur de l'argent. Ça te fait peur, n'est-ce pas ? Tu ne vis plus, tu ne vis plus !

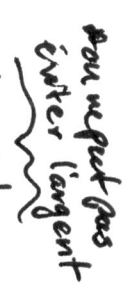

on ne peut pas éviter l'argent

À ce moment-là, il y a eu un silence. Un silence pour nous laisser respirer, pour nous laisser vivre. J'ai réalisé comme nous étions proches. Nous n'avions pas fait les mêmes études, ni aimé les mêmes choses, nous en avions pourtant craché de similaires. Nous ne savions pas où nous allions, ni pourquoi ou comment on y allait ou pas.

— Alors, avec le conseiller clientèle, ça se termine comment, *en vrai* je veux dire ?

— Donc je jette ma tête en arrière. Vlan. Rire démoniaque, il me regarde consterné. Je lui tiens le bras et je lui souffle : « Gauthrin ? Comme livre, vous êtes sûr de vous ? Alberic, sûr ? Je ne veux pas paraître déplaisante mais... Gauthrin c'est le nom d'une marque de bagagerie. » Je le vois porter la main à sa bouche. « Mais en effet, je crois bien m'être acheté une ceinture Gauthrin l'an dernier. Je dois me tromper de mot, tout simplement. » Tout simplement.

Al disait que les gens se trompaient souvent de mots. Que la plupart du temps, ça leur posait moins de problèmes qu'à Alberic et qu'on finirait tous par s'y habituer. Qu'on finirait par ne plus se souvenir des mots véritables, ou de leur signification. Parfois on accordait deux sens à un mot, ou à une phrase. C'était de là que tout partait. L'ironie c'était le début de la fin. C'était pour ça qu'elle et les Truands étaient contre ShowYou. Elle soutenait que, sur le réseau, il y avait trop de mots en circulation, que ça ne pouvait être qu'un piège à cons. Al voulait que ça explose, qu'on finisse tous par s'insulter. Elle ressemblait à son père, en fait.

– La guerre civile, l'idée obsédante, je te jure. L'autre jour, je sors de la gare Saint-Lazare, gros choc. J'ai eu envie de pleurer de joie : il y avait plein de militaires sur le parvis. Je me suis dit « un putsch, enfin ! ». En réalité, juste une application renforcée du plan Vigipirate.

les mots trompent; il faut employer les autres sens (que l'on ne peut pas voir sur l'écran !)

La convention

— Je vois que tu as été augmenté. C'est bien, tu progresses, et les chefs prennent conscience de ta progression. Un junior qui progresse est un junior conventionnel. Tu entres dans la convention, Charles. Ce n'est pas donné à tout le monde. La convention, c'est une forme de ligue secrète qui unit les meilleurs d'ici. Tu distingueras vite, en en faisant partie, les individus qui en sont exclus. Ceux-ci ne passent jamais seniors, on les perd en cours de route. Mais toi, avec ton profil téméraire et enthousiaste, tu mets toutes les chances de ton côté. Rien n'est gagné, ce serait mentir de te prêcher le contraire. Seulement aujourd'hui, je te félicite : bienvenue dans la convention.

Théodore m'avait convoqué dans la salle de réunion pour un petit speech informel ne nécessitant pas la présence de tiers ou celle du matériel de rétroprojection permettant d'exposer nos decks de slides sur la cloison blanche dégagée à cet effet. Il semblait détendu, au retour de ses deux semaines de congés passées en Floride à visiter des réserves de crocodiles et Mickey Mouse au Walt Disney World Resort d'Orlando. Le teint hâlé, quelque chose de plus marocain et de plus martiniquais qu'à l'ordinaire, les yeux verts qui ressortaient à cause de sa cravate en soie de couleur lilas double. Je me demandais tout de même avec qui d'entre ses trois amants il était parti en vacances. Albert, Sanzo ou Sarah-Sue ? Peut-être les trois ensemble. Il n'avait pas eu le temps de charger ses photos sur ShowYou, ayant débarqué le matin même à Roissy-Charles-de-Gaulle. Ses vidéos du jeudi auraient pu délivrer l'information. Au lieu de ça, elles révélaient son talent de documentariste. Il avait eu l'idée de génie, deux fois de suite, d'interviewer des Latinos en situation irrégulière, réfugiés dans les faubourgs de Tampa, survivant grâce au trafic de drogue et à la prostitution. Quel dommage, décidément, qu'il ne connaisse pas ma sœur.

– Au Walt Disney World Resort, tu payes pas en US dollars, non. Le domaine possède sa propre monnaie : le Disney dollar. Le taux de change est de un pour un avec l'US dollar, ça va. On y est restés cinq jours, moi j'aurais voulu plus. On a pris un fastpass, qui te permet de passer moins de temps à faire la queue et plus dans les attractions. C'est le papa de Mickey qui a eu lui-même l'idée de fonder ce pays merveilleux où tes rêves les plus fous deviennent réalité. Le plus gros complexe de loisirs au monde, avec une juridiction bien à lui, un drapeau à oreilles et des hôtels de luxe. Imagine un peu, vivre dans cent onze kilomètres carrés de magie. Cent onze kilomètres carrés, c'est plus grand que Paris. Sensations fortes et détente, rire, fun et frisson, suspens et restauration à volonté : c'est la magie Disney, tu retrouves l'enfant qui sommeille en toi. Tu sais que tu peux aussi bien prendre l'apéro avec Donald Duck que traiter Cruella d'Enfer de grosse pute quand tu la croises ? Qu'est-ce que j'aurais pu délirer, moi, dans le Typhoon Lagoon et sur la Blizzard Beach, avec sa neige permanente, sur laquelle tu fais du ski en plein soleil... Et puis surtout, la Tour de la Terreur, mortel. Mortel vraiment. Bon, et ça c'est mon côté princesse, mais je donnerais tout pour avoir le droit de finir ma vie au Magic Kingdom.

Moins protocolaire qu'au début de la conversation, il laissait enfin éclater sa joie. Disney World n'était cependant pas le motif de notre entrevue, pas plus que ma récente augmentation. On parlait sérieusement, entre hommes, du devenir d'un projet artistique.

— Voilà, je te fais le pitch : j'organise un concours de danse dans le cadre de mon association. Attention, il ne s'agit pas d'être un cador, simplement de savoir faire bouger son corps. On a une semaine pour lancer ça, et pour le moment pas assez de candidats. Si ça te dit, tu te filmes pendant trois à cinq minutes en train de danser, tu balances ta vidéo sur le serveur de l'assoce, on t'envoie un accusé de réception comme quoi on l'a bien reçue. Ensuite, tu te cales dans ton canapé et tu attends tranquillement d'être élu champion du monde.

— Je ne sais pas danser, tu sais. Pourquoi moi ? Et qu'est-ce que c'est que cette histoire de serveur, pas sur ton mail plutôt ?

— Négatif, Charles. La vidéo pèserait trop lourd, tu ne parviendrais pas à me l'envoyer, il faudrait la compresser, tout le tintouin... On a un serveur avec plus de 80 Go de stockage. Je sais que tu as de grandes ambitions, mais a priori ça devrait pouvoir le faire.

Ce devait être une allusion à mon entrée dans la convention. Humilité élémentaire, je baissai les yeux. Il continua :

— Et on s'en fiche que tu ne saches pas danser. Qu'est-ce que tu en sais, d'ailleurs ? Tu as déjà dansé ou quoi ? C'est un truc qu'on a en soi au départ et qu'il faut développer, c'est tout. Là, pour le concours, ce qu'on recherche, c'est le

« body moment ». L'instant où tu te lâches, où tu te livres au monde, où tu n'es presque plus toi. Tu fais une offrande de toi-même aux autres, par le biais du médium musique. Dans ces moments-là, l'expression corporelle est optimale, la température du corps se cadre sur le rythme de la chanson. Et plus les gens sont open, plus il y a de bonnes vibes, forcément.

J'ignorais tout de la correspondance entre la température du corps et la cadence d'un morceau de musique. Fort de son expérience chorégraphique, il en savait sans doute un peu plus long que moi sur la question.

– En fait, pour la participation aux frais d'hébergement sur le serveur, tu es libre bien sûr. Enfin, maintenant que tu pèses lourd dans la boîte, je te crois capable d'allonger un peu plus que d'ordinaire, n'est-ce pas ?

Il est vrai que je n'avais jamais mis un kopeck dans son association, dont je me disais pourtant fan, sur ShowYou en tout cas. À présent, j'allais être obligé de payer, alors que je n'aimais ni la danse, ni les danseurs, ni spécifiquement la musique pour danser. Mais il me plaçait devant le fait accompli et je ne répliquais pas. Son sourire, dont je n'ai jamais saisi le prétexte permanent, a fini par me mettre mal à l'aise. Je n'avais rien rétorqué, quittant les lieux comme après une mise au point professionnelle. Je m'étais senti investi d'une mission, avec des comptes à rendre. Théodore était malin, il jouait sur l'ambiguïté de la situation. En somme, il m'intimait l'ordre de participer au concours de danse dans le cadre hors sujet de la vie en entreprise. Ce mélange des genres pouvait m'irriter, je l'avais cherché, voilà tout. Théo Zami figurait dans ma liste de contacts ShowYou. J'avais laissé la bête entrer dans la cage, pénétrer dans mon univers personnel. Sur le réseau, on appelait « amis » ceux à qui on ouvrait la porte. Théo Zami en avait-il déjà été un ? Il était mon supérieur hiérarchique, celui qui checkait mes comptes rendus, m'indiquait la marche à suivre, appréciait ma productivité, au retour d'une mission. Celui à qui, par politesse, je faisais le récit de mon week-end le lundi matin à la machine à café (encore que bien des events de fin de semaine nourrissent mon film du dimanche, et comme tout le monde Zami les visionnait pour leur attribuer une note). Zami évaluait, comme tout le monde. Mais il n'était pas, il n'avait jamais été mon ami.

Tout s'éclairait soudain, sans que je n'y puisse rien changer. Le loisir se mêlait au travail, le loisir exigeait du travail, tandis que le travail était un nouveau loisir. Le travail était aussi divertissant que le loisir exigeant. Travail et loisir étaient, au fond, la même chose. Nous passions notre temps à nous amuser à gagner de l'argent. Nous nous amusions, nous cherchions à nous amuser toujours plus. En contrepartie, nous avions des passions (la danse, les voyages, la nourriture, les habits et les caméscopes) en tous points vitales, sérieuses même, du point de vue de cette vie divertissante, jusque dans sa circonspection perpétuelle, que nous menions. Pour résumer, nous gagnions notre vie à tenter de la perdre le mieux possible.

Je crois que je ne voulais pas perdre ma vie, même avec application. L'épisode du concours de danse fut un tournant, d'autant que je refusai d'y participer. Cet acte de refus paraîtra anecdotique. En réalité, ce fut le début d'une prise de conscience. « Rome ne s'est pas faite en un jour », ce genre de maximes revenait à la mémoire de mon père dans sa démence. Il est quelques îlots de franchise dans le déséquilibre. Un équivalent toujours flou pour lui de « Tous les chemins mènent à Rome », alors que ça n'avait pas tellement de rapport. Ce qu'il en retenait et qui lui permettait de rapprocher ces deux aphorismes, c'était Rome, bien sûr, mais surtout l'idée d'une progression, d'un mieux, d'un sauvetage. Oserais-je dire d'un salut ?

J'en arrivais à comprendre Anne-Laure, qui opposait les livres à ShowYou. Al, elle, s'échappait dans les pages. Les livres étaient muets, ils étaient secrets, on ne les contrôlait pas. Lire,

[quelque chose de plus authentique dans les livres ?]

c'était poursuivre une existence de contrebande. J'aurais voulu en connaître beaucoup, m'inventer des vies. Des livres sans image. Des livres qui ne racontaient pas des recettes de cuisine et qui ne parlaient jamais de Smartbox à gagner dans des hôtels de luxe, à Bali, à Ko Phi Phi Don, à Bohol ou à Bora Bora. Connaître ce que Al connaissait. Proust un peu (juste un peu, au moins pour me dire que je l'avais lu) ou Francis Scott Fitzgerald, un Américain pas mal, genre dandy, que m'avait conseillé le libraire de la place de Clichy, sans que j'aie l'énergie de m'y mettre. Je ne m'expliquais pas pourquoi je n'essayais pas avec Rémy Gauthrin. Il y a que ce type me dégoûtait, à le subir en face de chez moi. Les morts, au moins, je n'aurais rien su de leur vie sexuelle. Nouveau dans l'entreprise, je n'avais pas de congé prévu, peu de missions au mois d'août également. J'aurais eu le temps de lire au cagibi. Théodore déboulant, j'aurais caché le livre sous mon bureau et arboré un air conventionnel, c'est-à-dire absorbé de vide. Ces lectures auraient cependant empiété sur ma consultation journalière, ou nocturne, du réseau ShowYou. Ajouté aux fêtes chez Al et aux répétitions de musique des Truands, mon absentéisme aurait fini par peser lourd sur la toile. Certains de mes contacts m'en auraient fait la remarque. Mais bien sûr, j'aurais continué de livrer ma vidéo hebdomadaire, par crainte d'une exclusion.

Sans nouvelles de moi pour le concours de danse, Théo me laissa un message, visible aux yeux de tous, sur ma page de profil. Il m'intimait l'ordre de me décider vite et m'encourageait à soutenir financièrement le projet. Quelques-uns qui ne le connaissaient même pas l'approuvèrent et renchérirent dans son sens : « C'est un beau programme, qu'est-ce que tu attends ? », « Je trouve que tu manques de cran », « Tu as peur de mettre un tutu ou quoi ? », « Charles, tu me déçois, sur ce coup ». Je ne bougerais pas et en informai Théodore, qui m'envoya cette fois ce SMS de consternation : « Comment, tu ne veux pas participer ? Mais qu'est-ce qui se passe alors ? » si bien que j'eus l'impression de l'émouvoir avec mon cas de conscience. Six heures plus tard, un second SMS tombait pourtant dans le petit panier en osier, stylisé avec anse et couvercle, l'icône représentant la boîte de réception sur mon écran tactile : « Ton attitude démissionnaire est inqualifiable. Crois bien que je m'en souviendrai. La convention aussi. »

Est-ce qu'il plaisantait ? C'était de l'humour, non ? Et eux, qui me jugeaient sans savoir qui il était, ni lui ni son projet, de quoi se mêlaient-ils ? Pourquoi leur donner la parole, que valait leur avis ? Pour leur échapper, il aurait fallu dormir à l'asile comme Papa, retranché loin de l'humanité malfamée, des regards et des écrans de contrôle, des caméras du métro et des scanners, des statistiques établies plus d'un an avant une élection présidentielle, des exigences d'un travail devenu loisir, d'un loisir exigeant et contrôlé, d'une perte de contrôle générale et triste, d'une omniscience effrayante dont j'avais souvent pensé être l'un des acteurs. Or je n'étais qu'acté, dans le nuage des tags et des phylactères qui constituait la toile et qui était ma vie. Assis sur ce nuage, Théodore Zami œuvrait en grand prêtre de la surveillance, des droits et des devoirs. Il jugeait, tranchait, réformait, tuait. Qu'adviendrait-il si, par malheur, Théo me surprenait sur une vidéo en compagnie d'un représentant de la concurrence ? S'il remarquait que j'avais répondu présent à un event lors d'un arrêt maladie ? Et le jour où Théodore décréterait que mes goûts musicaux étaient lamentables, le jour où il m'accuserait de porter un anorak à col en véritable fourrure de vison, de participer à l'extinction des espèces, de ne pas consommer éthique ? Et si ma coupe de cheveux ne lui revenait pas sur l'une de mes photos ? Si mon nom lui semblait ridicule ? S'il jugeait, à la lecture de commentaires laissés sur ma page, que j'avais des amis nationalistes ? À qui appartenaient les events, les événements d'une vie ?

– Hope you enjoy your meal, because this is fresh.

L'Américain lança cela hors de propos, comme un soufflet. Ceux-là, Papa les appelait les « jean-foutre ». Ce type était le représentant de la société Hair Color et se délectait de ces mets et mots qui ne voulaient rien dire. Ces préparations chamarrées, badigeonnées de faux simple, ces accompagnements aux noms exotiques, écrits en phonétique du sanskrit, en ancien français, écrits pour une entrée, même, en latin d'Église. Il en perdait toute notion d'à-propos, sa remarque n'avait aucun rapport avec le contrat. L'air guilleret, le nez en l'air, il appréciait la fraîcheur des aliments. C'était frais. Plutôt rassurant, pour un étoilé.

— Une opportunité formidable pour nous d'envisager une collaboration avec Hair Color. Nous nous sommes déjà rencontrés une fois, aux assises du Soin du Cheveu (je parlais au nom du cabinet, pas pour moi). En février dernier, rappelez-vous. Nous avons évoqué votre volonté de changement à tous les échelons de l'organigramme, directeur des ventes, commerciaux, directeurs de manufacture, OS, shampooineuses et assistantes de direction.

« Fresh sauce, fresh fish, fresh vegetables », continua-t-il. Est-ce que ce type était fou ? « Jean-foutre », je pensais. Mais je ne me laissai pas abattre. Moi, je devais sauver la face. Je devais le faire, comme Papa.

— Notre task force s'adapte au besoin du client. Notre action se traduit par l'envoi en mission d'un petit staff de deux à trois consultants aguerris aux problématiques du marché des lotions capillaires, sur chacune des plateformes d'activités. Ce que nous souhaitons pour Hair Color : réduire de moitié les équipes de production, améliorer la productivité, la qualité rendu, la qualité service, la qualité confort, la qualité satisfaction. Agir en profondeur au cœur de l'entreprise, du service d'acheminement des lotions jusqu'aux salons de coiffure de la holding. Avant que ne soient entérinées les mesures de délocalisation vers la

Malaisie, il convient de tirer la sonnette d'alarme face aux caprices d'une main-d'œuvre européenne vieillissante, dont la masse salariale et les méthodes de travail rétrogrades vous excluent de facto des circuits concurrentiels.

« Fresh waitress, fresh cook, fresh wine, fresh water too. » Dans les vitrines du minibar du salon de mes parents, les bouteilles de whisky dormaient d'un sommeil profond. Tandis que je cherchais encore la sortie du labyrinthe que m'avait indiquée Papa de son vivant lucide, l'Américain poursuivait sa litanie insensée. Les deux pensées se télescopèrent. Je mettais le feu au jardin avec l'alcool des bouteilles. Buisson ardent dans le minibar, l'Américain en agneau immolé.

– Nous appelons « injection » le process consistant à dépêcher nos équipiers sur place afin d'optimiser les conditions et l'organisation du travail. Transformation et recherche de la performance, analyse des positions stratégiques et maîtrise des risques, renforcement significatif de l'efficacité commerciale et système de pilotage opérationnel, le tout implémenté en quelques jours. Nous sommes leaders sur le marché de la valeur humaine.

– Fresh day, fresh speech, fresh you. L'Américain n'était qu'un boit-sans-soif, l'Américain n'était qu'un moule à gaufres. Mon dernier recours, mon recours silencieux, c'était les insultes du capitaine Haddock. Mais à l'oral, l'autocensure était de mise. Une colère médiocre m'obstruait la gorge, m'empêchant de finir ma portion d'espadon. Comme un éternuement larvé, la certitude de l'effondrement rhétorique me traversait le corps sans en sortir. Je me contenais, rigoureusement concentré sur mon assiette. Marché, motivation, image, implantation, méthode de gestion : le client ne voulait pas de mon contrat d'étude. Déploiement, injection, efficacité, rapidité, résultat : il ne voulait pas de ma task force. Il balançait un ricochet dans la mare des constances. Il ne voulait pas de ce quoi, il ne voulait pas de ce comment.

– J'aime les poissons de cet aquarium (il désigna l'immense bocal scindant en deux la salle à manger), ils ressemblent à de petits satellites autour du gros rocher central, vous ne trouvez pas ?

Le reste de l'entretien s'était passé à peu près normalement. Au moment du café, l'Américain avait retrouvé la langue française, étudiée à Harvard et avant cela dans un collège en Suisse (il me fit le récit de son parcours scolaire), qu'il aimait tant et dont il vantait les mérites pour parler business, afin de se distinguer de ses collègues unilingues. « Le fond du problème, je pense,

Les interactions humaines sont rendues plus difficiles par l'écran ⊗

c'est que l'anglais constitue jusqu'à preuve du contraire la langue des affaires, en tout cas à l'international. » Ma remarque l'irrita. Il frotta les manches de son pardessus Burberry l'une contre l'autre à la sortie de l'établissement, façon de faire passer sa rancœur. Puis il me proposa l'un de ses cigarillos, extraits d'un paquet aux inscriptions cyrilliques. « Ils sont rares, précisa-t-il, presque plus édités », comme s'il s'agissait de livres. À l'image de ses cigarillos, ce type-là était un absolu marginal dans le lot des clients, voire dans le lot des individus de ma connaissance. Sa litanie contemplative sur la fraîcheur, son histoire d'aquarium et jusqu'à sa blondeur peroxydée, tout cela sonnait faux, cachait quelque chose. Son air oriental de la négociation interloquait : « Pas de mise en place du moindre consultant chez Hair Color avant que vous n'ayez vous-mêmes audité vos troupes. » Qu'entendait-il par là ? Chez nous, les entretiens de bilan étaient toujours suivis d'un bilan des entretiens. Tout était évalué, jusqu'à l'évaluation elle-même. Rien n'était laissé au hasard. Nous étions leaders sur le marché de la valeur humaine.  *sardonique*

Mais je ne m'étonnais plus assez de l'étonnant, j'aurais dû m'arrêter là, changer mon fusil d'épaule, demander un autre dossier, ou qu'on me pose des œillères. J'aurais eu moins peur ou

133

moins, sans doute, de possibilités de braver ma peur. En surface, je demeurai impassible. Je tiquai, seulement, quand il me demanda mon numéro de portable pour me joindre « les jours fériés ». Excentricité cavalière et désagréable, plaisanterie, je ne sus. Je le lui donnai pourtant, en hypnose, par dérision peut-être. Nous n'avions que peu parlé d'Hair Color, certains enjeux n'étaient pas levés et ne le seraient peut-être jamais, mais il me demandait mon contact privé et je le lui confiai. Nul n'aurait pu dire ce qui me prenait de le suivre, ce qui le prenait de ne pas correspondre au quoi et au comment légaux. Qui sait, nous pourrions trouver un endroit où boire frais le samedi suivant et il finirait de me raconter sa jeunesse. Cela ne revêtait plus la moindre importance : le fait est que j'acceptai l'accord sans raison. Il bruinait légèrement sur l'avenue. Je rentrai au bureau en taxi, regardant défiler Paris par les vitres d'un grand monospace. Le gris de la Seine collait le blues et l'incessant flot d'informations radiophoniques (trois morts dans une baignoire, quatre loups qui attaquaient une bergerie dans les Sudètes, cinq avions de chasse vendus à une organisation terroriste, six fois la traversée de l'Atlantique pour un très vieux navigateur) achevait pour moi ce tour surprenant qu'avait revêtu ce jour-là la prévisibilité, la rassurance, la vie.

Arrivé au cagibi, je trouvai Théodore Zami en plein débrief avec lui-même. Il se tenait devant le miroir mural du couloir attenant à nos bureaux et se regardait danser, contorsionnait son buste, se touchait les hanches, levait ses genoux. Il faisait passer sa jambe derrière son cou. C'était les pauses d'un derviche tourneur, d'une danseuse indonésienne, d'un lynx ou d'un iguane. Il dansait sans musique, portait tutu et ballerines, du fard à paupières et du rouge à lèvres, une crête bleue sur le haut du crâne. Qu'est-ce que c'était que cet accoutrement ? Il ressemblait à un perroquet ou à David Bowie. Il avait des dents pointues. Il était magnifique et repoussant, et il m'écoutait de dos lui raconter mon entretien avec le client, lui révéler la teneur de mon désarroi. Je voulais qu'il m'explique ce qui m'était arrivé, quoi et comment. Sans se retourner, il me fixait dans la glace, avec un œil vert et un œil noir. « Attends-toi à pire dans l'avenir », avait-il lancé au miroir, d'un mouvement brusque du menton. Je n'avais pas su discerner s'il s'agissait d'une menace ou d'un conseil d'ami. Qu'est-ce que cela voulait signifier ? Comme c'était lui le caporal, je n'avais pas discuté. Je n'avais rien compris. Il avait disparu très tôt ce soir-là, fuyant, fondant presque. Presque comme neige au soleil.

Je me rappellerais longtemps ce rêve désagréable. Je m'étais réveillé en nage. J'avais recherché, en pleine nuit, la fiche de l'Américain sur le réseau, pour m'assurer qu'il n'avait jamais existé. Mais je ne disposais pas de son nom, mon angoisse était insolvable.

J'aimais cette expression, « fondre comme neige au soleil ». C'était l'inverse de la prolifération nécessaire des modes, des ondes et des calembours. C'était l'antiréseau ou l'antisiècle. C'était dévoilé, « au soleil », mais pas obscène. La réalité splendide sans la photographie. Comme un champ d'icebergs dont la plus grande partie ne serait pas cachée, « neige au soleil », une piste noire à prendre en sens inverse sans peur de la mort. « Fondre comme neige au soleil », c'était le réchauffement climatique du corps et de l'âme, ça dégageait les horizons et les mentalités. Des vacances loin du monde connu. Le monde connu nous cachait beaucoup de choses en les dévoilant. On pouvait au contraire chercher à s'enfoncer tout droit dans le ciel, direction le Colorado depuis l'Arizona sur la Highway 160, disparaître dans le rouge des Rocheuses. Finir sa vie chez les Pueblos. Caché et fondu en même temps. Ou plus vert un chemin long et vierge tracé d'un coupe-coupe ou par le cours d'un ruisseau au milieu de la forêt amazonienne. Finir sa vie chez les Guaraní. Pouvait-on encore disparaître ? On nous atteignait rien qu'en nous appelant sur un téléphone cellulaire que nous décrochions à tous les coups. On nous retrouvait sur internet via nos C.V. en ligne. On voulait nous savoir en bonne santé et on voulait s'assurer de notre mort. Alors on nous traquait aussi sur des vidéos de cardio-training postées dans notre ShowRoom, à partir desquelles on décomptait nos battements de cœur. Ainsi auditait-on notre rythme cardiaque, notre capacité de résistance. Pratiquée principalement en salle sur des machines, cette activité permettait de limiter le risque des affections coronariennes. On mettait tous les atouts de son côté pour améliorer sa forme. C'était de l'espérance de vie, sans l'espérance et sans la vie.

On commença à déceler de nouvelles formes de dépression chez les adolescents et certains sujets adultes ayant grandi avec les écrans, loin des Pueblos et des Guaraní. Une détresse psychologique affectait désormais des individus à la vie ordinaire et équilibrée. Ils avaient souvent un chien ou une femme, parfois les deux. Ils étaient quelquefois propriétaires, cadres supérieurs, détenteurs d'un pavillon avec jardin ou d'un bac à douche avec porte coulissante. Ils aimaient la cuisine et le sexe, prendre des photos, faire des barbecues. C'était de bons citoyens sans histoires. Quant aux étudiants, ce n'était pas toujours les moins brillants ou les plus marginaux. Ils jouaient aux jeux vidéo, utilisaient des contraceptifs efficaces, faisaient des comas éthyliques. C'était des individus intégrés. Voilà qui fut un point marquant : la dépression ne sembla pas être la conséquence d'une perte de repères ou d'un déséquilibre profond. Du moins, elle n'en portait pas le nom. Toutes les personnes concernées par le mal en question étaient seulement d'inconditionnels utilisateurs du réseau ShowYou. Ils postaient des photos, en constituaient des albums en ligne, et bien sûr respectaient toujours le quota hebdomadaire de la vidéo ShowRoom. Ils commentaient également les clichés ou les films des autres. On validait leur bonne santé mentale et leur intégration au groupe, on affirmait que leur vie était normale. On les reconnaissait pourtant dans la rue, et leurs yeux rouges et leurs tics à base de pouces levés, de sourires crispés ou de phrases toutes faites, qu'il leur arrivait de prononcer tout seuls pour se rassurer, avec une intonation de répondeur automatique ou d'annonce dans les gares ferroviaires. À ce stade, on ne parlait pas encore de démence. On disait juste que c'était le « syndrome ShowYou ».

Après la phase euphorique du sourire, le sujet s'isolait. Il pleurait, piétinait, cassait des vitres. Fracassait son ordinateur. Mettait à mal l'ensemble de son mobilier : literie et canapé, chaises et fauteuils, coussins et tabourets, étagères et coiffeuses, rangements et consoles, crochets et penderies, tapis et revêtement de sol. Et l'ensemble de son équipement électroménager : lave-linge et sèche-linge, micro-ondes et lecteur DVD, sèche-cheveux, appareil croque, gaufre et gril. Un négationnisme de l'aménagement d'intérieur. Les patients se livraient au saccage avec un air de contentement automatique. Mais la joie, déjà, était perdue. Le syndrome ShowYou était né de leur impuissance à la sauvegarde du sourire. On ne savait pas encore procéder à son back up sur disque dur. Dans la phase de démence, les utilisateurs devenaient obsédés par l'idée d'être pris en photo, d'avoir ce sourire-là et pas un autre, ou par leur chemise, qu'elle ne soit par exemple pas accordée avec celle de leur voisin sur un cliché, ou dans un film, dont on ne déciderait peut-être jamais la réalisation. C'était des enragés du bouton Rec, des fatalistes du bouton Rewind. C'était des handicapés du bouton Play. Ils ne vivaient pas de leur présent, ils ne vivaient pas de leur vie.

Sur un forum de victimes modéré par une équipe de psychiatres, des centaines de témoignages s'agglutinaient, s'accouplaient dans le malheur, fondaient un mur des Lamentations sans spiritualité. Ces messages attendaient leur Sauveur. On étalait sa douleur, l'intimité marquait des points. Chaque témoignage bénéficiait d'un nombre de commentaires supérieur ou égal à quatre cents entrées. C'est dire si on aimait prendre connaissance, sur écran, du mal de l'écran. J'avais parcouru en diagonale l'étendue de ces confidences. Quelques-unes avaient retenu mon attention.

« Ces visages souriants, ces corps sans imperfections, ces voitures à toit ouvrant, ces villégiatures de fils de pute et ces transatlantiques à design unique, en teck et fer zingué, réglables sur quatre positions… Leur bonheur m'explosait tous les jours à la figure sans que je puisse en profiter moi-même. Je pratiquais la profession d'agent de service dans une société leader en ménage et repassage. En gros je faisais de l'audit interne, *business to business*. C'est-à-dire le ménage au sein de l'entreprise dont c'était l'activité, *business to consumer*. Doté du label "National certifié qualité", on dépêchait des professionnelles du rangement et du nettoyage chez le client, à partir de sept euros de l'heure. Quand elles rentraient au siège, elles avaient besoin que tout soit nickel. Après avoir récuré des chiottes toute la journée, je peux comprendre. Je n'étais pourtant pas pleinement satisfait de mon activité. C'était un pis-aller, j'ambitionnais de passer les concours pour devenir cosmonaute. Seulement en attendant, les vidéos de mon Show-Room étaient consacrées au balai-brosse et au chiffon microfibre, à la brosse antipoils et à la housse balai chenille. Avec mon téléphone 3G Plus, je montrais comment on pouvait récupérer des déchets ménagers à l'aide du précieux tamis pour évier en silicone ; je révélais le secret du nettoyage express d'un carrelage avec une serpillère à tête rotative dont les franges sont lavables en machine ; j'exposais les possibilités du ramasse-miettes à double brosse et poignée réservoir qui se manœuvre d'une seule main et permet de conserver la nappe impeccable entre deux plats, à la maison comme au restaurant. Les mois passant, j'ai trouvé mes vidéos de plus en plus nazes. Je préférais celles de mon patron, qui filmait son fils en train de réciter par cœur son Notre Père, ou son épouse, qui rentrait encore dans sa robe de mariée. J'aimais visionner celles de ma voisine de palier, dont les enjeux étaient majoritairement sexuels ou animaliers, parfois les deux. Ou celles de mon ami Peter, jardinier, qui enseignait l'art des jardins et répétait toujours qu'un gazon de qualité ne s'obtient qu'avec une fréquence de tonte soutenue. Moi, avec mes balais, j'étais à chier. Pire que ça, les gens le voyaient. D'ailleurs (et c'est un bon indicateur), je n'ai jamais gagné une once de podium hebdomadaire. Voilà, je ne me sentais plus à la hauteur, alors j'ai basculé. Un matin, j'ai avalé un mélange de bisacodyl, d'ammoniac et de fertilivor en granulés. Avant de perdre connaissance, j'ai aussi eu le temps d'ingurgiter deux trois capsules d'un complément alimentaire intensif et hydratant pour optimiser mon bronzage. Sacré cocktail (au passage, le fertilivor est un engrais chimique pour le gazon, garanti antimousse, effet reverdissant immédiat après application). Si on ne m'avait pas fait de lavage d'estomac, mes cheveux seraient sans doute devenus plus denses et plus robustes, avec une belle coloration et une croissance en épaisseur. »

Le témoignage de David m'avait beaucoup impressionné, en même temps que je ressentais de la pitié pour lui. On n'avait pas idée de consacrer ses vidéos au ménage et au nettoyage. Le sujet était vraiment limité. David devait avoir ce qui s'appelait un « profil d'expert », il n'était pas généraliste. Mais il faisait comme il pouvait et nul doute qu'il le faisait bien. Il y avait aussi l'histoire de Maryline. Son drame dépassait le problème du sourire ou la crise de dévalorisation. Elle expliquait qu'elle n'avait pas connu l'aventure classique du syndrome ShowYou mais une forme larvée d'enfer sur terre. Et que sa vie était brisée.

« Au début, c'était juste pour faire connaissance. Il m'avait demandé en relation sur ShowYou, disait-il sur le conseil d'une de mes meilleures amies, qu'il se refusait pourtant de nommer. J'ai sondé brièvement mes copines mais il n'en est rien ressorti. J'aurais pu m'arrêter là mais le type m'intriguait. Sur sa photo de profil, il ressemblait à mon grand-père, en jeune. J'aimais ses mains aussi, en fait j'étais obsédée par ses mains. Il les prenait tout le temps en photo, comme pour se convaincre de leur pouvoir. Longues et fines, un peu tremblantes sur les vidéos, érotiques. Il était cuisinier et il s'appelait Darius. Son métier c'était sa passion. Il se montrait en train de concocter des plats avec un tablier Bugs Bunny, il était trop mignon. Un jour, il m'a dédié une recette de tartinade aneth et feta. J'étais trop émue pour me manifester, sur sa page ou en message privé. Alors, il a continué. Toujours en précisant "c'est pour toi, Maryline, pour toi, tu m'entends ?". Tacos façon trappeur avec sauce piquante, salade du mardi aux avocats frais, canette aux quatre aromates, Saint-Jacques cassonade à la mandarine, une saveur de son cru. Je suis tombée amoureuse de lui, ces films hebdomadaires me donnaient l'illusion qu'il vivait avec moi. Jusqu'au jour où le rêve est devenu réalité : j'ai bravé ma peur, on a fini par entrer en contact. Il est venu me faire la cuisine à la maison. On a débuté une liaison. J'étais aux anges et bien nourrie. Il a connu ma famille, il a connu mes amis, sans qu'il ne soit plus jamais question de la mystérieuse copine qu'on avait en commun. J'ai grossi. Nous nous sommes mariés à l'automne 2008, sous un magnifique soleil d'octobre. Les photos sont tellement belles, je me repasse de temps en temps l'album. Ces prises de vue m'ont constituée, elles me rappellent ce que j'ai été : j'ai été heureuse. Ces photos, c'est mon bonheur. Trois mois plus tard, une fin d'après-midi, un jeudi que je n'oublierai jamais, un jeudi noir. Je reçois un SMS : "J'espère que tu ne rentres pas trop tard mon amour, parce que je t'ai cuisiné une surprise." Ça arrivait souvent, les surprises. J'étais presque blasée. Mais quand je suis revenue à la maison, Darius avait tout emporté. Tous nos meubles, nos meubles, merde ! Au milieu de la cuisine, à même le sol, un rat rôti aux poivrons et sa sauce croque-mort à base de camphre. J'étais toute seule avec le rat, l'ordinateur et la webcam. Généreusement, il m'avait laissé de quoi filmer mon suicide. Dans la soirée, je suis passée par la fenêtre. J'avais réglé la caméra en automatique. Heureusement, j'ai atterri sur un immense parasol de structure télescopique à douze baleines en aluminium, d'une longueur de

16 cm. Ça a amorti ma chute. C'est même grâce à lui que je peux vous écrire aujourd'hui, depuis mon fauteuil roulant. »

À cette époque, ShowYou commença d'utiliser nos photographies. On se retrouva avec plaisir au sein de ces multiples publicités qui fleurissaient dans les marges de nos menus pendant la visite du site. C'était flatteur de devenir un modèle pour vendre du café équitable, un peu moins pour les fusils à lunette. Charlotte, elle, confiait à ses six cent onze contacts qu'elle avait été blessée. Elle aurait préféré que son joli minois ne soit pas associé aux nouveaux tampons périodiques à double nervure. Moi j'aurais voulu qu'elle se sente bien dans sa peau : « Tu deviens un symbole de la féminité, enjoy ! » Elle croyait que je blaguais mais sans rire, je trouvais ça bien et j'avais encore écrit sur sa page : « Charlotte, la publicité pour les tampons te met vraiment en valeur », juste avant de me rétracter et de réaliser que ce que je racontais n'avait aucun sens.

J'eus le sentiment qu'il me restait un semblant d'esprit critique, ou peut-être l'avais-je récemment acquis. Je commençai à ouvrir les yeux. Après réflexion, tout cela n'était-il pas odieux et inadmissible ? ShowYou garderait cependant en mémoire mes erreurs de jugement, l'historique de navigation de mes prises de conscience. « Les imbéciles ne changent pas d'avis, mais ils sont peut-être moins ridicules », avait renchéri Perrine. On ne pouvait rien effacer, rien masquer. On n'annulait pas ce qu'on gravait dans le cœur des gens. Les communications se croisaient, sang-mêlé de plainte et louange. « Trop de mots en circulation », avait dit Al. Dans Babel imbécile, on avait du mal à distinguer ce qui était juste de ce qui ne l'était pas. Nos débats, c'était du vomi. De la soupe, du chewing-gum, une logorrhée foldingue déversée dans les couloirs d'une tour sans architecte. L'universel reportage se concaténait en un monologue infernal, formait cette matière agglomérée qu'on régurgitait et qu'on mangeait tout à la fois, le serpent qui se mordait la queue, le remède et le poison, les excréments et les péchés mignons, de la morve, une injection létale. Cédric en a ras-le-bol des virus qui infestent son PC portable, vivement que sa chérie lui offre un Mac pour son anniv. Bye bye la réunion générale, bonjour les bouchons parisiens. À tous ceux qui n'auraient pas l'occasion de se rendre en Australie, Clara donne rendez-vous aux fans de koalas le week-end prochain à Étampes, pour une rencontre exceptionnelle avec le directeur du zoo de Vincennes. Stéphane vient de passer un supermoment avec une copine de sa femme.

DONNE : frigo-congélateur 158,5 × 58,5 cm/profondeur 60 cm. Bas : congélateur 2 tiroirs. Haut : frigo 4 étages + 2 bacs à légumes + porte aménagée. Possibilité d'échanger sens ouverture porte. Très bon état de fonctionnement. Venir le chercher 75020. À tous les sceptiques du libéralisme, une vidéo qui vous fera changer d'avis. Ma grand-mère fait encore de la danse classique à quatre-vingt-neuf ans. Le petit chat est mort, c'est dommage mais quoi, nous sommes tous mortels. Au collège tu m'as mal jugé, c'était PAS MOI qui avais copié sur Coralie pendant l'interro sur les verbes irréguliers. Lola recommande un lien. Thierry a mis à jour ses sections « formation » et « emploi ». Adrien a changé de religion. On change d'heure, moi ça me fait bizarre, pas vous ? Malade depuis une semaine, tellement gerbé que perdu trois kilos. Quand est-ce qu'on mange ? Alix s'est fait voler son portable. Redonnez-moi tous vos num svp. Fred observe ses voisins baiser. Personne n'aurait le DVD de la saison IV ? Karen aime bien se cultiver le samedi en allant voir au musée des tableaux superbeaux de l'époque romantique. Hier ma sœur est venue déjeuner, c'était très sympa. Je n'en peux plus de te voir en photo avec ta femme et tes enfants, parce que je t'aime et que je n'aurai jamais aucune place dans ta vie. Émeline a encore fait une razzia au rayon ballerines. Je sais TRÈS BIEN avec qui tu as passé *la soirée hier soir. Je sais tout, je vois tout : je fouille dans ton téléphone. Je n'ai même plus besoin de t'écouter quand tu parles en dormant. Je dispose à présent de moyens fiables pour toucher le vrai, la vérité qui blesse, qui blesse immensément.*

La magie des liens et des heures perdues me rendit bientôt disponible à la découverte d'un espace-temps insoupçonnable. J'ouvris une trappe, une suspension. Hors du temps de transport, des concours de danse et des contraintes de la vie salariée. Hors de moi, mais me parlant, me tutoyant, m'intimant. En tout unique, étrange, érotique et puissant. Les blogs étaient consultables depuis le cabinet. Un jour, au retour d'une mission, j'ai cliqué sur http://www.foolsentimental.blogofox.net. À cette adresse, une fille de vingt-cinq ans qui ne montrait jamais son visage postait un message par jour.

Au tout début, j'ai trouvé ce nom de blog ridicule. Si elle voulait passer pour une cruche, elle visait en plein dans le mille. Ce paradoxal hommage à Alain Souchon, que l'usage du mot anglais agrémentait d'un je-ne-sais-quoi de superficiel et d'adolescent, désignait sans ambages l'idiotie d'être émue pour rien. On n'avait pas envie de cliquer. Pourtant, on restait bouche bée devant le montage iconographique qui servait de photo de profil à cette blogueuse : un portrait de Pol Pot avec des cheveux de Barbie, une Grosse Bertha, la robe de Marie de Médicis et de la confiture Bonne Maman. C'était la postmodernité, ou le foutage de gueule, qui parlait pour elle. Plus sûrement, les potentialités de son logiciel sur Mac. On arrivait à constituer de ces conglomérats avec la technologie. « Le dictionnaire du diable », disait le père de Al, pour désigner les moteurs de recherche. C'est là que le concept s'envenimait : sur le net, on pouvait être de droite et de gauche, homme et femme, vanille et chocolat, hétéro et homo, pour et contre. Ces prises de position sous pseudonyme, courageuses et avant-gardistes, se justifiaient d'un rien ; il suffisait de vouloir pour pouvoir ; le virtuel rendait surhomme la sous-femme, humain l'animal, divin l'anodin. Un maximum de deux cent cinquante-quatre commentaires avait ainsi accrédité la semaine précédente, sur le blog en question, l'hasardeuse association d'un discours prononcé par Saint-Just durant la crise de Thermidor et d'un show live, capturé sur une plateforme vidéo, de *Tout donné, tout repris* par Mike Brant. Mais la blogueuse pourrait faire mieux : se prendre en photo au téléphone sous sa douche (le visage tourné, jamais dévoilé), reproduire la recette des fameux gnocchis de sa grand-mère, menacer de mort le dalaï-lama, mettre un lien vers une vidéo de Nicolas Sarkozy sur le mot « SUICIDE », occupant une semaine durant en lettres capitales le dessus de la homepage de *fool-sentimental*. Surenchère de références et révolution tranquille dont les grandes lignes décrivaient un Grand Soir éberlué sous anxiolytiques, les excréments d'une société pasteurisée, l'intime conviction d'en sortir plus fort.

Cette anonyme avait tout de l'urbaine paranoïaque qui parade boulevard Richard-Lenoir en pashmînâ des Indes marchandé au Grand Bazar de Ramatuelle. Petite bourgeoise jusque dans les revendications et les insomnies, le genre à collecter les bons de réduction sur les paquets de céréales, à avoir envie de changer le monde les jours fériés, ou ceux où elle se faisait porter pâle. À envoyer des SMS à son ex en lui faisant croire qu'elle s'était trompée d'une ligne dans son répertoire, à soudoyer son médecin de famille pour rester au lit à se morfondre. Quelques jours de plus ne seraient pas décomptés en carence mais en arrêt de travail, c'était tout bénef pour le monde meilleur. Je ne connaissais pas son nom mais sa position sexuelle favorite. J'en suis revenu

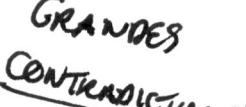

GRANDES
CONTRADICTIONS!!

sur son blog, régulièrement, l'imaginant jurer dans les rues de Paris, dessiner des symboles païens en réunion sur les contrats, brûler ses fiches de paie en place publique dans ses rêves les plus fous, maudire les anonymes du métro, se prendre les pieds dans le fil de son épilateur, mentir à sa mère sur ses projets de mariage. Je l'ai aimée comme ça.

La blogueuse expliquait qu'elle était dans sa première année de vie professionnelle. Tout comme moi, elle trouvait ça dur. Elle mesurait l'ingratitude et le mensonge généralisé, se trouvait « surqualifiée » pour les tâches qui l'occupaient, s'était remise à fumer rien que pour sortir du bâtiment. Elle estimait ses collègues divertissants, sans les prendre au sérieux. La malheureuse, qu'est-ce qui lui prouvait qu'ils n'étaient pas tous comme elle, à tenir des blogs sous pseudo, se crachant l'un sur l'autre sans concertation ? Jean-Sébastien, c'était Plunk45. Élodie s'appelait Sourisblanche. Kevin, KFV. Et tout ce petit monde se retrouvait en réunion (« en réu »), ou sur ShowYou, en prétendant pourtant ne point se haïr trop fort. Ses compagnons, donc, la blogueuse les arrosait de sourires pour les entretenir, comme on passe le tuyau dans ses massifs d'hortensias. Elle arrivait le matin en bottes de jardinier « pour parer à la boue de leur inculture crasse ». Les pieds dans les massifs, elle s'abreuvait de leur inconsistance, les écrasait de son narcissisme. On ne comprenait pas dans quel domaine elle exerçait quoi. On pensait au service « Validation », « Risque client » ou « Garantie individuelle » d'une antenne de courtage. Aussi bien, à la direction financière d'un grand groupe, avec un nom plein de « inc. » et de « corp. ». On supposait. Il y avait une cantine, des RH, plusieurs photocopieuses par étage. On se livrait à des plaisanteries érotiques dans l'ascenseur ; on affichait les résultats annuels dans le couloir ; on offrait des coffrets cadeaux à Noël. On supputait que ça pesait lourd, que c'était sujet aux offres publiques d'achats, coté en Bourse, déboulonnable en trois mois et, tout aussi aisément, sanctifiable pour un Reich de mille ans.

Elle était là en touriste, en exploratrice, en schizophrène. Elle rentrait chez elle pour les démonter en conscience. Tout le monde y passait. Ça détendait mieux qu'un massage de la voûte plantaire après une séance chez le pédicure. C'était facile de se moquer de gens qui étaient fiers d'avoir un bac + 5 ou qui rêvaient de devenir propriétaires d'un pavillon en banlieue. Honteux de s'arrêter à leur marque de sous-vêtements préférée pour justifier de leur mauvais goût. Et puis assez minable d'appeler au meurtre des politiciens d'extrême centre ou de moquer le qualificatif de « chrétien-démocrate ». Elle appelait à la guerre civile calée devant ses sushis et le dernier épisode d'une série relatant les coucheries d'un immeuble de Chicago. Je lisais avidement son carnet de bord et le pire, c'est que je tombais pratiquement toujours d'accord avec elle. Je ne commentais jamais, lorgnant muet la petite ronde des accros qui donnaient leur avis sur les frasques de la demoiselle, tout et rien, la guerre et la paix, les chasses d'eau et les réfrigérateurs, la faim et l'indigestion. Comme ce n'était pas bloqué au cabinet, j'ai commencé à consulter le blog tous les matins en arrivant. Cette prise de notes en haute mer a fini par me persuader que j'évoluais moi-même dans l'enfer du rien.

Le mardi au travail, c'était le jour de l'éval. Tout le monde balisait. On attendait en rang d'oignons que le chef nous reçoive dans son bureau. C'était un senior, au-dessus de Théo, simple caporal de notre équipe-projet. Un colonel en somme, au nom compliqué, tchèque ou russe. On attendait en rang. Certains en profitaient pour faire diversion. On parlait karaoké, képi, koala, les jours de K. Yaourt, Yalta, Yoko Ono, les jours d'Y. Loustic, lessive, Lexomil, ainsi de suite. On avait établi le rite des mardis alphabétiques pour meubler l'angoisse. Dans la file d'attente vers la guillotine, on s'imposait ce genre de sujets sans intérêt. Beaucoup d'entre nous ne se forçaient pas vraiment pour être en verve, ils pouvaient deviser de tout et de n'importe quoi. D'autres, peut-être moins contaminés, appréhendaient l'exercice comme une contrainte punitive. J'ose croire que je faisais partie du dernier groupe, cette joute m'ayant révélé les limites de la conversation pour rien, jours remplis d'objets jamais rares, taylorisation du scoop, trésor standardisé au fond d'une grande surface, certitude de l'ennui d'être au monde. À bien y réfléchir, c'était inconcevable d'être à ce point versé vers le vide. L'établissement du jeu des lettres m'est apparu constitutif d'une sanctification nécessaire. Le vide envahissait tout, il fallait le célébrer, le pousser à son paroxysme. Les vertus symboliques d'un tel Scrabble m'étaient connues : nous devions sans cesse nous rendre hommage pour nous persuader de notre existence, comme une masturbation rassurante avant la tyrannie évaluatrice de nos performances. Le désespoir saupoudré de boutades.

« Quant à moi, j'ai vraiment en horreur les effluves de transpiration matinales, la connerie professée par téléphone portable à 9 heures du matin et la capacité qu'ont les gens à se croire mes amis quand le sort veut que le RER stoppe en gare de Port-Royal et déverse une populace apeurée par le ventre de Paris sur le trottoir du CROUS. Ces banlieusards à rouflaquettes, qui n'ont jamais pris un autobus intra-muros de leur vie, me demandent toujours par où rejoindre la Porte de Clignancourt en m'adressant de ces sourires intéressés et utilitaires. Et bonne poire je leur délivre la bonne parole, comme un guide touristique, soucieuse de la perduration du mythe du bon sauvage. » Ce post, la blogueuse l'avait accompagné d'un film d'archive où l'anthropologue Evans-Pritchard prenait contact avec les autochtones de Papouasie. Il y avait un petit compteur en bas à droite de son blog, qui demandait « combien sommes-nous actuellement ? ». Pas moins de soixante-treize ce mardi-là, sans se connaître, connectés sur http://www.foolsentimental.blogofox.net. Peut-être quelques collègues au cabinet, peut-être des gens de mon quartier. Gauthrin peut-être. Elle poursuivait : « Je pose sur eux un regard protecteur, j'ai vraiment de la charité à revendre. » Et je buvais sa révolte comme si c'était la mienne. Jamais je ne l'aurais assez remerciée d'exister, cette anonyme, j'hésitais à lui laisser des commentaires ou à la contacter en privé. Depuis quelque temps, ça se fixait sur les transports (« Suis-je réellement attendue quelque part ? Et puis, pourquoi les gens se pressent-ils dans le wagon au moment du signal de fermeture des portes ? Vous ne pensez pas que le néant peut bien encore attendre trois minutes de plus ? Nous n'en mourrons pas, hélas. »). J'aimais cette hargne, ce défaut de vivre.

Je l'aimais toujours avec un petit goût de malaise dans la gorge.

Je subis un revers de manche, Zami m'ayant exclu de la convention après l'incident du concours de danse. Cela se traduisit par un avertissement et une suppression de mon bonus trimestriel. D'autres juniors à qui ça arrivait tombaient en dépression, se faisaient arrêter un mois, ou tout simplement licencier pour avoir osé rétorquer. C'était le début de l'écrémage. Moi, ça m'était littéralement passé dessus. J'étais devenu imperméable. J'étais devenu invincible. Étais-je devenu fou ? Je n'en parlais pas à Papa, qui avait encore déménagé et s'était retrouvé dans le quartier 1. Dans le quartier 1, on pouvait se connecter à internet. Ça voulait dire qu'on était presque guéri. On avait également la possibilité de sortir de l'hôpital avec un accompagnateur, à condition de porter un bracelet clignotant à la cheville. Ce bracelet ultrasensible alertait le service d'ordre si le rythme cardiaque du malade s'affolait. Il avait également le pouvoir de sonder les connexions neurologiques. Si un instant elles se révélaient mauvaises, le service d'ordre rappliquait. Il procédait enfin à un enregistrement audio des moments où le patient était à l'extérieur. On ne savait jamais ce qui pouvait advenir. Il fallait tout savoir, c'était histoire de parer au pire.

Nous sommes donc sortis régulièrement de la forteresse à deux. Papa en a profité pour continuer son récit. D'abord, il est revenu sur les circonstances de la mort de Martine. On s'en souvient, elle s'était intentionnellement concocté un mauvais cocktail au début de l'année. Papa affirmait qu'elle ne s'était jamais remise de la mort de son fils. « Tu ne l'as pas connu, du reste son mari non plus. » Ce cousin aurait eu quatorze ans à ma naissance, en 1987. Incroyable, tout ce qu'on pouvait nous cacher dans cette famille, soi-disant pour notre bien. J'appris alors qu'à vingt et un ans, Martine avait épousé un type qui s'appelait Gilles, inconnu au bataillon. Ce Gilles était un notaire de trente-cinq ans plutôt pas mal et très gentil, avec les dents en avant. Il aimait le poker et les secrétaires Louis XVI en acajou de Cuba, avec abattant à marqueterie en aile de papillon, 98 × 150 cm (80 × 135 à la rigueur), 40 cm de profondeur, munis de caissons, un tiroir et deux portes, ainsi que les bureaux à cylindre de la même période. Il s'intéressait aussi aux courses de chevaux. C'était un grand parieur. Avec le résultat de ses paris, il envisageait d'acquérir une maison en bord de mer. En attendant, ils louaient tous les ans. Étienne, leur petit garçon, était mort écrasé par une voiture à quatre ans et demi, pas très loin de Dinan, au printemps 77. Papa poursuivait : Martine et Gilles avaient divorcé parce que Gilles était devenu dingue, « dingue pire que moi, genre triste ». Il avait pris une maîtresse mais ce n'était pas le plus grave. Il s'était mis à frapper Martine. Après quoi, quand nous sommes arrivés Sophie et moi, toute l'affection de ma tante s'est concentrée sur nous. C'est vrai qu'elle avait été remarquable, à nous emmener au McDonald's et au cinéma voir des films de Walt Disney (à cette époque McDonald's distribuait les figurines du dernier Disney, il y avait donc une unité thématique dans la démarche de Martine). À nous payer des crêpes et plus tard des vacances au ski. Plus tard encore à nous servir de confidente sentimentale. Je n'ignorais pas que Martine était dépressive mais je ne comprenais pas pourquoi on m'avait caché si longtemps les causes de son malheur. Qui sait, si on m'avait tenu informé, j'aurais peut-être pu l'aider.

– On dit toujours ça après coup, mais ça ne sert à rien. On ne sert à rien, on ne sait faire que constater. Là, tu vois, je suis devenu un objet. Même dans le quartier 1, ils s'évertuent à prendre ma tension tous les matins, comme au début. J'ai l'impression d'être un pneu.

Dégonflé, sans rustine, Papa avait la mort dans la peau. En ce qui le concernait, on n'était pas passé loin de la catastrophe. Il a poursuivi sur son compte, à propos de sa carrière avortée d'essayiste en économie. L'idée lui était venue d'écrire, un jus de tomate en terrasse rue Jouffroy-d'Abbans, alors qu'il commentait, en compagnie d'autres *acteurs du monde économique*, la une du *Financial Times* et les méfaits de la crise des subprimes. L'épisode des livres m'en apprit de belles sur lui et sa réussite mystérieuse. Je sus enfin quels métiers avaient été les siens. Un projet éditorial d'envergure, tout d'abord, que le *Dictionnaire amoureux du fisc*. Des entrées s'étendant d'*Assiette fiscale* à *Confiscation fiscale*, des *Droits de succession* à *Trésor public*, en passant par *Écofiscalité* (voir *Écotaxe*), *Interfiscalité* (voir *Intertaxe*), *Parafiscalité* (le substantif en découlant n'étant pas, comme chacun sait, la parataxe), *Taxe sur la valeur ajoutée* ou encore *Paradis fiscal*. Un maître livre qui, à coup sûr, rencontrerait son public. Patrick Valérien ne rechigna pas à interroger des experts et à relire des cours de droit de troisième année. Il fit également bénéficier l'ouvrage de son expérience personnelle. Le fisc, Papa en connaissait un rayon. Il avait travaillé à la Direction générale des Finances publiques, ainsi qu'on nomme cette caserne de préoccupés des dettes.

– Je n'ai changé de profession qu'en devenant franchement capitaliste, au moment du gouvernement Chirac de 1986. Et puis j'ai voté OUI à Maastricht, en 1992. Toujours un amour de l'argent, mais hors des caisses de l'État, tu comprends ? Je suis devenu trader, c'était au moment où tout commençait à être informatisé, après que le palais Brongniart est devenu un centre de conférences et d'événements, résolument tourné vers l'avenir. Quelques années plus tard, Euronext a fusionné avec le New York Stock Exchange, j'ai alors fait de nombreux voyages aux US. C'est là que je me suis intéressé au NASDAQ. Ce marché des valeurs technologiques regroupe les principales sociétés dont les produits sont essentiels pour une personne de ta génération. Ta boîte mail, ton téléphone et ta carte SIM, ton digicode, ta carte de crédit, ton caméscope et jusqu'à la marque de ton ordinateur. Tu mesures à quel point c'est important de connaître son fonctionnement. Je voulais « démonter » le NASDAQ, j'ai cherché à révéler ses failles avec mon second opus, *Le Livre noir du NASDAQ*.

Patrick Valérien chercha un éditeur. Il envoya beaucoup d'exemplaires partout, en vain. C'était comme si on ne voulait pas de lui, comme s'il ne valait rien. Comme si le marché l'avait dépassé, méprisé, sa colère autant que ses joies comptant pour des prunes. Sur la fin, on lui conseilla, pour le premier, une maison luxembourgeoise spécialisée dans les essais dada, tandis qu'une autre, belge, fana de littérature érotique, ferait peut-être une exception pour le second. Mais lui soutenait qu'il était très sérieux. Il me montra les manuscrits. En dépit de mon manque d'expertise en la matière, j'étais le premier à reconnaître les qualités propres de tels ouvrages. Pas de somme plus complète sur le système fiscal français et pour *Le Livre noir*, une veine pamphlétaire inouïe contre le NASDAQ et ses acteurs, l'exploitation inespérée d'un vrai talent de journaliste d'enquête. Si j'avais eu des communistes dans mon entourage, je l'aurais fait passer sous le manteau. Mais non. Papa fut profondément meurtri par ces échecs éditoriaux, il pensait avoir perdu la boule à cause de ça. Il me somma de ne jamais écrire de livre et de travailler à mon bonheur. J'avais du mal avec ce mot, « bonheur ».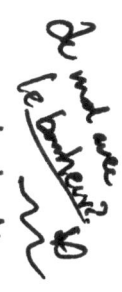

C'était comme « la dame de l'avenue Reille », Anne-Laure l'appelait comme ça. Il y avait une dame, toujours la même, qui se promenait toute seule en bas de chez elle, qui marchait le long du réservoir de Montsouris (appelé aussi « réservoir de la Vanne »), jusqu'à l'Institut mutualiste (hôpital privé à but non lucratif participant au service public hospitalier). Eh bien cette dame, elle se regardait chaque fois en souriant dans les vitres et les rétroviseurs des voitures. Al l'observait depuis sa fenêtre marquer ces étranges stations. Elle faisait quelques pas et souriait à la nouvelle vitre. Le temps qu'elle passait à courir d'une voiture à l'autre, elle avait l'air triste. Devant la vitre, joyeusement forcé. « Note qu'en regardant la dame, je poursuis le processus, elle se regarde le nombril et moi je fais dans le voyeurisme. » Al disait que cette dame n'était pas heureuse, parce qu'elle ne savait pas qui elle était.

Ce fut également à cette période que la blogueuse s'évertua à crier d'ennui. Comme si elle avait senti que je m'éloignais d'internet, que je ne lui accordais pas toute l'importance qu'elle disait mériter. Le ton acerbe qu'elle employait à présent consacrait son inaptitude au bonheur. Ses thèmes de prédilection, volontiers politiques, lui prodiguèrent un renouveau de lectorat, une tripotée de commentateurs stupides et agressifs. Elle exprimait maintenant son mécontentement à coups de vidéos de Ben Laden et d'explosions nucléaires. Qui était l'ennemi ? Le pouvoir, les méchants, sa  maman. Elle se leurrait : l'ennemi était en elle, l'ennemi c'était son ennui quotidien, qui lui permettait de nourrir ce blog. Moins engluée de rien, elle serait allée courir les champs sans penser une seconde à l'actualité géopolitique. Sur ShowYou, bon nombre de rebelles des beaux quartiers avaient désormais rejoint sa page de fans. On ne savait pas si elle avait réellement la main dessus, peut-être des lecteurs l'administraient-ils à sa place. Le marketing viral et les échanges de liens en avaient fait une star de la toile. On était fan ou on ne l'était pas, et on le disait, en adhérant à la page. Celle-ci enregistrait trois mille six cent quatre-vingt-sept fans au 21 août. Selon d'avisés statisticiens, quatre fois plus que l'année précédente à la même date. Elle buvait du petit-lait. Chacun sa gloire, je ne l'enviais pas.

— Vraiment ?

Pendant ce temps, Al jouait frénétiquement sur sa guitare, contre-boîte de Pandore contenant son énergie vitale. Elle dansait, secouait son corps sur cette musique. Elle le faisait pour gagner un territoire. En comparaison, elle pensait que ma vie m'appartenait. J'avais un travail et un appartement. Elle, elle pouvait encore potentialiser son impuissance : « Un jour, avec les Truands, je ferai des concerts, je participerai à de petits festivals. » Pourquoi se voyait-elle au rabais ? Je l'apercevais sur le parvis de la bibliothèque François-Mitterrand, dont elle sortait chaque soir de la semaine un peu avant 20 heures. Sur les lattes de bois à bandes antidérapantes de cette esplanade futuriste, c'était d'abord un point, puis une figure, puis tout à fait Anne-Laure. Elle grandissait et me grandissait, elle et moi finalistes du mois d'août, rêvant à la tranquillité des dimanches sur le bleu d'une mer d'Iroise que nous désirions dans Paris.

Dans mon souvenir, son sérieux coïncide avec ses extras. Un planning de révision irréprochable, des bristols saturés de parenthèses (j'étais surpris qu'elle ne fasse pas plutôt ses fiches sur ordinateur, on gagne en clarté et ça évite toujours de raturer), liserés de papier journal dans des manuels de géopolitique, quelques verres de vin que je lui ai payés sur l'avenue de France et des expéditions suicide chez Gibert Joseph le week-end, pour y chercher sans trop d'espoir des premières éditions de romans de Gauthrin, du Roger Vercel, ou bien l'*Israël Potter* d'Herman Melville, dont Manu lui disait le plus grand bien et parce qu'elle avait aimé *Mobby Dick*, que je pense elle n'a pas lu. Coïncidence de sa vie monacale et de ses paupières fatiguées avec ma compagnie profane et déstructurante. Elle n'a jamais écourté nos escapades nocturnes, malgré le couvre-feu qu'elle s'imposait à elle-même et l'omniscience de ses futurs examinateurs, qu'elle voyait la poursuivre en rêve. En pleine croissance obstruée d'elle-même, en proie à des tentations cisterciennes, en vacances pourtant de la vie officielle. Je l'ai emmenée boire dans les bars à rhum de la Butte-aux-Cailles. Nous y avons rencontré une scénographe croate qui nous a pris en photo, parlé en criant pour nous entendre, fumé sur le trottoir ses cigarettes de fille à la menthe, apprécié de nous terrer dans l'ombre de la salle parmi des hard-rockeurs de cinquante ans à pantalon chaîné. Quand je la quittais, c'était devant chez elle vers minuit. Elle m'effleurait la joue sans m'embrasser. « Tu es vraiment un ami, vivement que tu descendes avec nous dans les catacombes », lançait-elle, pour mieux signifier qu'elle ne m'aimait pas.

Parfois nous restions à parler chez elle des après-midi entiers. J'arrivais en métro par la Porte d'Orléans, passais devant le dépôt Emmaüs du boulevard Jourdan, longeais des murs où il était indiqué *Défense d'afficher, loi du 29 juillet 1881*. Des réfractaires taguaient cette ville la nuit. Ils avaient eu le bon goût de transformer, sur le mur, la Défense en Défonce. Je pensais au ministère de la Défonce comme à une opportunité pour la haute fonction publique. Al trouvait épatant ce graffiti. Elle pratiquait le sarcasme, aimait faire de l'humour sur des drames authentiques.

— J'ai cherché à me suicider il y a deux ans, avec le gaz. Heureusement pour moi, Bonne-Maman est dorénavant équipée de plaques électriques.

Al estimait être née à dix-huit ans, l'année du bac. Au mariage d'une cousine, elle avait explosé. C'est là qu'elle avait pris la décision de quitter le cocon. D'abord, parce qu'elle n'en pouvait plus de son père, de ses obsessions sur « la royauté assassinée » et « les abus perpétrés par les communistes à la Libération ». Ensuite parce qu'à ce moment-là elle avait eu envie de « jouer de la musique, de fumer de l'herbe et de coucher avec n'importe qui ». Son frère, lui, avait trouvé la messe magnifique. À elle cela n'avait pas suffi. Elle avait recherché Dieu dans la rigole des décolletés, dans l'encens exhalé, dans le fanfaronnage du beau-père. Rien, nulle part, Jésus était mort. Autour du collège de sortie, la pléiade usuelle des chapeaux et des ricanements à voilette avait encadré les héros du jour. Son bizarre ennui était passé pour de la suffisance. Au moment des photos devant le parvis de l'église, sa seule distraction avait été de rallumer son portable, la petite musique au démarrage comme un écho ironique à la scie des félicitations familiales. Sur les pelouses drues qui foulaient les transepts, elle avait croisé un cousin éloigné, élève officier coiffé du casoar. Lui aussi s'ennuyait sec et il avait hâte de boire du champagne.

– Mon père a écouté Mort Shuman sur le trajet entre l'église et la réception, « j'ai tout oublié du bonheur, il neige sur le lac Majeur ». Je me suis dit tout haut que la soirée promettait. D'ailleurs je ne me suis pas attardée. En sortant de la voiture j'ai fui, j'ai couru à travers la campagne. Une impulsion, comme ça. J'ai fait du stop en robe et en talons. Je ne pouvais plus rester, j'étouffais.

La côte catalane était bleue et brique avec, au passage à Cerbère, une épaisse brume injustifiée. Le soleil était revenu en arrivant à Llançà. La brume épaisse, comme le pointillé de la frontière sur la carte géante qu'elle avait traversée. Elle était partie en train pour Barcelone. Trois mois dans une Californie européenne au 10 de la rue Badajoz, dans le quartier de Llacuna, attenant à la plage. Il y avait un bar à tapas et des palmiers sur le front de mer. Une amie du collège l'avait hébergée. À l'internat, la fille plus âgée avec laquelle elle tendait des pièges aux surveillants. Cette fille partageait son appartement avec un interne en psychiatrie argentin, un Italien avec lequel elle avait eu une histoire et une Hollandaise nymphomane qui criait trop fort. Trois mois à boire dans les *chiringuitos* de la plage, à tuer des cafards géants dans l'appartement, à se couper mutuellement les cheveux, les soirs où ils étaient trop allumés. Bosco le psychiatre tentait de calmer l'ambiance en leur faisant écouter des symphonies dans la cuisine. De la supercherie d'anxiolytiques, oui, qui leur donnait surtout envie de boire jusqu'à l'aube et de finir avec trois grammes dans le sang. Elle avait eu besoin de partir en vrille.

Refusant de rentrer au bercail, elle s'était ensuite réfugiée chez sa grand-mère. À Paris, elle avait poursuivi son parcours, préparé et raté Normale sup, effectué son master. Le concours qu'elle passerait en septembre permettait d'obtenir, après une année de formation, un poste dans l'administration des hôpitaux publics. Je me demandais ce qui avait bien pu guider ce choix. Un fruit du hasard pour ne plus réfléchir ? « J'ai toujours aimé m'occuper des gens », disait-elle. C'était trop évasif pour être crédible, mais je respectais. Comment aurais-je pu, à mon tour, justifier de mon engouement au travail ?

– Tu n'as jamais voulu devenir prof comme ton père ?

– Prof comme mon père ? Aujourd'hui tu peux être prof, si tu veux. Mais, « prof comme ton père », ce n'est pas possible. Ce n'est plus le même métier. Ce n'est pas moi qui le dis, c'est lui. Il n'est peut-être pas le meilleur conseiller, mais je vois bien où il veut en venir. Tout a changé, alors le concours que je passe, là, c'est une planque, c'est pour m'assurer un avenir. C'est tout.

Elle présentait cela comme une résignation. Le leurre d'origine, c'était de croire qu'on pouvait faire ce qu'on voulait. Peut-être qu'à elle, on le lui avait fait entrer dans la tête, mais pas à moi. Pourtant j'avais eu de la chance. J'avais grandi dans un duplex du boulevard Pereire. J'y avais fait du tricycle (l'avantage des grandes cuisines) et allumé des feux de cheminée. J'y avais reçu des leçons de piano (vite abandonnées). J'y avais sauté sur mon lit, construit des châteaux en Lego dans notre salle de jeux (on ne jouait pas dans les chambres), fait des parties de cache-cache, organisé des boums sur la terrasse (c'était avant l'invention des events), des goûters de classe, des goûters de scouts, des goûters de clercs de la paroisse, les soirs où les parents allaient à l'opéra. Mais jamais personne ne m'y avait permis de devenir moi.

Al racontait qu'après la licence de lettres, tout le monde paniquait. Parfois, comme elle, certains poussaient jusqu'au master. D'autres décampaient plus tôt. Voilà pourquoi les types qu'elle fréquentait, l'ayant précédée dans le cursus, étaient tous devenus gardiens de nuit. « Pour lire, pour être contre l'époque. » Pourquoi, également, elle passait son concours. Elle voulait juste qu'on lui fiche la paix, avoir de quoi manger, continuer de jouer au sein des Truands. La fac « ne servait à rien ». Pour sa promo, c'était certain, l'avenir était au rabais.

Les éditeurs seraient ceux d'entre eux qui s'en sortiraient le mieux. Ils porteraient du cashmere et déjeuneraient au carrefour de l'Odéon avec des auteurs dont on parlerait sur France Culture. Ils la tiendraient au courant des dernières parutions et lui apporteraient des exemplaires gratuits des livres de Rémy Gauthrin. Ils affirmeraient très bien connaître le fils de telle légende des lettres morte trop tôt dans un accident de voiture. Ils lui paieraient des coups en notes de frais et organiseraient des events de dédicaces sur ShowYou. Ils appelleraient « maître » de vieilles aigreurs glorieuses, percuteraient les honneurs mais, bleusailles, on ne leur accorderait que très peu de crédit. Ils envieraient alors jusqu'aux directeurs de collection de plus de soixante-dix ans et tout ce qui ne serait pas eux leur donnerait envie de se pendre. Bien sûr, ils le cacheraient fort bien et s'enorgueilliraient d'avoir été nommés conseillers éditoriaux dans une maison à plaquettes et fascicules. Mieux valait être le chef des fascicules que le sous-fifre d'un chef-d'œuvre. Certains, certaines même, se rappelleraient qu'ils avaient écrit, à vingt ans, des nouvelles parnassiennes n'ayant jamais trouvé d'éditeur. Ils voudraient se venger. De qui ? Al chercherait longtemps sans trouver, en fixant la pointe de leurs boots en daim.

Les journalistes ne réussiraient pas tous. Les places seraient chères et le talent rare ; on souhaiterait qu'ils écrivissent pour informer ; cela serait rapide, enjoué, mais pas analytique. Certains, reporters en province pour la télé régionale, seraient heureux de chroniquer des chiens écrasés.

Ils reviendraient à Paris le week-end, la tête pleine de souvenirs et de paysages et montreraient à qui le voudrait des extraits de leurs reportages sur ShowYou. Ils auraient passé de bons moments avec le meurtre de la petite Servane en Val de Creuse ou le festival de la saucisse à Astaffort. Le grand air donnait bonne mine et la compagnie du cameraman était meilleure que celle de camarades en open space. Les samedis et dimanches, ils abandonneraient leur look Décathlon pour retrouver les vestes en velours usées aux manches qu'ils avaient portées lorsqu'ils couraient encore les piges (mais ils y reviendraient peut-être un jour). Ils jalouseraient parfois ceux qui, même sous-payés, écriraient des papiers dans les quotidiens nationaux. Mais, d'entre eux, il y en aurait peu.

Les enseignants, quant à eux, constitueraient groupés les statistiques navrantes d'une perte de romantisme éperdu. Armés du maigre prestige de la réussite au concours, ils tenteraient avant tout d'embrasser le confort. Ils parleraient très souvent de leurs vacances et se marieraient entre eux. Ils frémiraient toujours au contact d'Alfred de Musset sous la forme d'une dissertation, s'agripperaient à la sécurité grammaticale et au cahier de présence. Leurs élèves ne sauraient pas parler le français et ils étudieraient pourtant *L'Île des esclaves* de Marivaux en seconde générale. On les instruirait de liberté alors qu'ils seraient en cage, avec leurs soixante mots de vocabulaire. Mais les Lumières figureraient au programme, on s'inclinerait. Les profs, ceux d'entre eux qui le deviendraient, ouvriraient via ShowYou des groupes de réflexion sur le décloisonnement du savoir, arboreraient barbes et jupes longues, et des colliers ethniques imitant à merveille l'ambre de Saint-Domingue. Ils seraient des fonctionnaires de la littérature et iraient muséifier leur passion en visitant la maison de Victor Hugo accompagnés d'un groupe scolaire en survêtement de sport. Anne-Laure rechercherait leurs veines sous leurs chemises à carreaux.

Les convertis de la dernière heure, ces born again du CAC 40, ne leur cracheraient pas tout à fait dessus. Ils regretteraient de ne pas être les autres. Ils regretteraient l'inadéquation de leur parcours – bifurcation en école supérieure de commerce après la Sorbonne, retour à la case départ en éco ou en droit pour certains – autant que celle de leur salaire, avec l'intérêt propre qu'ils porteraient à leur travail. Al les imaginait tous avec le même modèle d'ordinateur portable, qu'elle pourrait difficilement utiliser, à cause du password requis, délivré par leur entreprise. Ils partiraient en week-end tous les week-ends pour « faire un break » et dépenseraient le plus d'argent possible, pour se sentir vivants. La culture serait un loisir, accolée à la rubrique « art de vivre », dans les hebdomadaires. Ils posteraient leurs photos de break sur ShowYou. Ils reliraient les moralistes du XVIIe aux toilettes et les interpréteraient à leur avantage. Ils auraient réussi. Mais regretteraient de ne pas être les autres, qui ne touchaient que peu d'argent pour beaucoup de désir. Ils envieraient leur désir, qu'ils avaient perdu, sans penser à leur manque d'argent. Tout cela formerait des nébuleuses parallèles de frustration et de tristesse. Ils n'en finiraient pas de, tous, désirer.

Fallait-il, tous, que nous réussissions à rater notre vie ? Anne-Laure voyait son existence comme un aéroport. Il y avait deux avions, deux voyages. L'un pour Dubaï promettrait d'être riche mais il ferait trop chaud et tout y serait trop cher, les amours moites, les couleurs trop vives. L'autre pour l'île d'Ouessant. Ce n'était pas le même exotisme, c'était hexagonal et authentique, on dansait dans les vagues, on dormait bien, on mangeait du homard frais. Les couleurs, vraies, cessaient d'être criardes pour être primaires. C'était tout ce qu'on demandait à la vie meilleure. Elle y voyait des rouges dans les algues, l'ardoise coupante qui brille après le passage d'un rouleau, et sur l'azur un gazon ras où elle respirerait fort. Elle stationnait dans cet aéroport avec ses camarades de promo. Certains auraient besoin de prendre l'avion du trop, qui coûtait cher.

Même onéreux, ce voyage apparaissait plus facile. Très peu étaient comme elle, à vouloir l'eau froide, le sel dans la gorge et l'insularité monastique, frappante, des après-midi pour entendre la mer, attendre l'amour, comprendre la gloire. Quelques années avant Dubaï, certains auraient encore déclaré que les nuits étaient faites pour écrire ou s'amuser, l'après-midi pour faire l'amour. Lorsqu'ils le soutenaient, ce n'était pas du dandysme, c'était assumé, ressenti, véritable. Ils n'avaient pas encore embarqué dans l'avion. Ensuite, ils auraient perdu leurs rêves. On regarderait et on visiterait Al comme un cimetière. Ils auraient eu peur de leur propre réalisation. Leur désir émoussé d'une réussite franche les aurait conduits jusqu'au rêve de rater leur but. Ils aspireraient à s'échapper du rêve véritable, se réjouiraient de s'en exclure, attacheraient une attention toute particulière à la sécurité financière ou tactique. La peur de vivre les aurait éconduits. Dubaï la rayonnante sentait la mort à plein nez. Et, à vrai dire, Al pensait qu'elle serait la seule à parvenir jusqu'à Ouessant.

— Il est très important de désespérer ses parents.

Elle prononçait cette phrase comme une antienne, estimant la désespérance obligatoire dans le processus du flamboiement personnel. Il y avait une flamme qui, pour la brûler, pour l'atteindre, avait d'abord enflammé ses proches, brûlé leurs yeux, afin qu'elle en flamboie plus tranquillement ensuite. Elle se fichait bien de l'administration des hôpitaux publics, elle aurait tout son temps pour mourir au feu. La douleur ou l'incompréhension familiale, sociale, elle la vivait comme une sécurité, un cran d'arrêt l'empêchant d'aller trop loin dans la colère. Avant de décamper, elle avait éprouvé une douleur de vivre comme elle le faisait. Une douleur colérique, d'attente, une frustration d'aéroport. Son statut de patiente, inacceptable, lui aurait semblé justifier tous débordements ultérieurs. Elle pensait à présent avoir eu tort, rester morale dans l'avenir, s'améliorer même. Devenir soi est comme devenir bon.

À cette époque, je fis un rêve philologique assez curieux. J'étais professeur d'anglais dans un lycée de la vallée de Chevreuse, ma classe donnait sur la forêt. J'enseignais à mes élèves le verbe *to bleam*, qui en français se traduisait par *condre*. Et bien que ces deux termes n'existent ni l'un ni l'autre, ils signifiaient tous deux « vivre intensément ». *To bleam* était un verbe irrégulier (*bleam, bleamt, bleamt*) et *condre*, un de ceux du troisième groupe qui se conjuguent comme fondre, tondre ou pondre. En compagnie d'Anne-Laure, je ne me lassais pas de vivre. D'assurance j'avais toujours vécu plus intensément que la veille. Ces inventions langagières forgèrent une nouvelle grammaire. Ainsi condions-nous le plus possible les heures passées ensemble (la condaison avait des objets d'application) ; nous nous condions avec entrain (c'était de la galvanisation mutuelle, pronominalement parlant) ; il fallait que ça conde entre nous (impersonnel : il condait comme il faisait grand beau, par exemple). *We used to bleam* : habitude, dans le passé, d'une vie quotidiennement inédite. *We spent our time bleaming away* : passer du temps à condre loin des réalités navrantes de ce monde. *I found you bleamt up my time* : ton mode de vie intense m'a brûlé les ailes.

A XA INTÉRESSANT

L'expédition des catacombes s'est déroulée le 29 août. Les Truands m'ont conseillé de m'habiller avec de vieux vêtements qui ne craignaient pas la boue. On s'est donné rendez-vous un matin à la poterne des Peupliers, pas très loin du boulevard Kellermann. On a enjambé un muret et on a suivi le chemin de fer désaffecté de la Petite Ceinture. On a progressé vers l'ouest, dans ce terrain vague longiligne, avant de se retrouver sous le parc Montsouris. Étrange interstice. Marcher sous le parc était peut-être aussi incongru que de jouer à la pétanque sur un balcon. L'un de mes grands ravissements a été de comprendre qu'il avait été conçu là, malgré le double obstacle de la ligne périphérique et de la ligne de Sceaux, aujourd'hui RER B, qui le scindait du nord au sud.

— Tu sais que l'architecte en charge de l'aménagement du lac artificiel s'est suicidé juste après l'inauguration, Charles ? Il y avait un défaut dans le système des conduites et le lac s'est vidé dans les carrières du sous-sol pendant la cérémonie de présentation aux officiels. Il faut savoir qu'en plus de camoufler les deux lignes de chemin de fer, on a dû combler des carrières à ciel ouvert. Certaines autres ont été épargnées, nos catacombes par exemple.

— En tout cas, ça me paraît surréaliste de faire tenir un parc en équilibre sur des trous. Des trous comme dans du gruyère, un fromage de souris pour le quartier de Montsouris.

— Tu peux voir ça comme ça. Le principal c'est que les trous soient maintenus, que les mystères perdurent, que tout ne soit pas dévoilé. Le coup du lac qui se vide, c'est terrible ça, non ? Imagine la stupéfaction générale et les rires en cascade... Le type n'a pas encaissé l'échec.

— Un peu comme Vatel, quoi. Ou comme mon père. Je t'assure, le perfectionnisme rend maboule.

— Le perfectionnisme, ou plutôt les gens qui te regardent et assistent à ta chute. Mais tu ne sais pas tout : le palais du Bardo a brûlé en 91.

— Le palais du Bardo ?

— Une autre Atlantide, après les catacombes. L'Exposition universelle de 1867 se déroule à

Paris et vient couronner les années de grands travaux haussmanniens. Note tout de même que certains, comme le parc, ne sont qu'en cours d'achèvement à cette époque. On édifie donc le palais du Bardo au Champ-de-Mars, là où se tient l'exposition. Réplique de la résidence d'été du bey de Tunis, c'est un grand bâtiment coloré de style hispano-mauresque, surplombé de deux coupoles, avec dentelles de stuc, colonnes, arcades et tout. Sans doute que ça épate la délégation japonaise ou les Américains. On le reconstruit pierre par pierre dans le parc Montsouris après l'exposition, en 1869. Il tient lieu d'observatoire astronomique puis de laboratoire pour la recherche en bactériologie à partir de 1893. Dans les années soixante-dix, il est finalement laissé à l'abandon. Le gouvernement tunisien décide de le sauver et de le restaurer, mais un incendie le réduit en cendres le 5 mars 1991. Il n'en reste aujourd'hui aucune trace.

– C'est dommage. Catastrophique, même.

– Oui et non, c'est comme ça. Il n'appartient à personne. Lui, tu ne peux pas lui ouvrir une page sur ShowYou. Tu ne peux pas organiser des events à l'intérieur. Tu ne peux pas y filmer tes vidéos hebdomadaires. Tu ne le mets pas en laisse. Mais il te reste quelques photos, Charlie... tu peux toujours faire un album-souvenir.

Ce que Manu pouvait être blessant chaque fois qu'il m'adressait la parole, j'avais même l'impression qu'il cherchait à l'être. Je ne sais pas pourquoi, ça me tombait toujours dessus, il la ramenait avec ShowYou dès qu'il le pouvait. Al ne prenait même pas ma défense. Elle acquiesçait par son silence, cette sans identité, cette sans fiche de profil. Sous le parc, nous sommes entrés dans un second souterrain, un amas de détritus en indiquait l'ouverture. « C'est parce que les gens ne veulent pas salir les catas, ils déposent leurs saloperies à la sortie. Le mieux, c'est encore de les emporter avec soi. Mais bon, personne n'est parfait. » Le couloir descendait dans la pierre blanche, celle des immeubles parisiens. Nous avions des lampes de poche et les pieds dans l'eau. Parfois dix centimètres, parfois cinquante. La pureté de cette eau et la propreté de la roche m'interloquaient. À force de descendre, je me suis demandé à quelle profondeur on était. « Bien en dessous du métro », c'est la seule réponse qu'on m'ait faite. Barthélémy, qui menait le groupe, avait un vieux radiocassette à piles dans son sac à dos. Un saxophone alto a résonné dans les carrières. C'était pire qu'absurde. J'ai eu peur qu'on se perde dans ce labyrinthe plein d'ossements et du nom des rues qui le surplombaient, mais les Truands m'ont dit connaître leurs galeries par cœur. À certains endroits, il y avait des crochets et de vieux câbles électriques, il fallait éviter de s'érafler. À certains autres, on a croisé de petits groupes de personnes qui marchaient comme nous sous la terre. Des « cataphiles », on disait. On les a salués d'un air entendu, sans les connaître. Au bout d'une demi-heure de marche, ou bien une heure je ne sais plus, on est arrivés dans une « pièce ». On parlait de pièce pour désigner ce qui était différent d'un couloir. La pièce, un curieux carré sans flotte au sol, avec des colonnes sculptées dans le blanc de la pierre. Là, on a allumé des bougies et on a sorti notre pique-nique. Ensuite, on s'est mis à boire et à fumer de l'herbe, à parler de jeux de construction et des aventures de Tintin. À un moment, Manu a sorti les boules de pétanque et on a fait une partie. Cake a dit que la pétanque était le golf du pauvre, que c'était quand même moins snobinard et que ça avait l'avantage d'être portatif. J'ai ri longuement, sans entraves, sans webcam. J'ai fait quelques photos avec mon téléphone portable. Sans flash, ce qui ne rend rien ou presque. Tant pis. C'est comme le palais du Bardo, ça n'appartient à personne.

On a pissé toute notre bière sur les voies de la Petite Ceinture en remontant. Sous le parc, dans le noir, on a encore chanté des chansons. À la sortie du tunnel, j'ai revu le jour violemment. Et puis l'orage a débarqué, la pluie est tombée comme une gifle. *To bleam, bleamt, bleamt.* La terre s'est mise à sentir la terre. Des palais ont été réduits en cendres, la pétanque est devenue le golf, les objets et les meubles, des ordures. Les trous étaient des pleins, les parcs de plaisance les motifs d'un suicide. La ville des travailleurs, un jeu de l'oie pour rire. Cette ville n'était que le couvercle d'une autre ville, souterraine, permise en secret. C'était le réel sans ordinateur, déployé sans le réseau social. Un ensemble de liens hypertextes établis sans le texte, avec des airs de jazz et des lampes torche. Nous ne nous sommes plus entendus parler, comme des gens qui se disputent sans se comprendre. Anne-Laure a sauté sur place dans les flaques, elle a dansé avec Manu, je l'ai vue rire de joie dans sa chemise collée aux seins. Cake et Barthélémy ont applaudi. Quant à moi, je suis resté là, drogué, sans rien faire, à les regarder tous deux sautiller, donner des coups de pied dans un tas d'immondices. Un ensemble de magazines de charme, des bidons cabossés, un casque de moto, un sommier sans le lit, dont j'ignorais dimensions et coloris disponibles en magasin. Des emballages alimentaires également, parmi eux une canette de Coca-Cola sur laquelle était écrit « Enjoy ».

J'étais ressorti sans me rappeler du jour ou de l'heure. J'avais traîné sans limite d'âge dans un ventre maternel, une torpeur agréable et sans hygiène. Le jour avait pointé ensuite, et les branches et les feuilles, et le vert et le ciel d'orage aveuglant, poignant de cruauté. J'avais quitté les Truands à hauteur du stade Charléty. La nuit tombait. J'étais rentré par le tram puis à pied jusqu'à Passy. Je me sentais différent sans que personne ne s'en aperçoive. À juste titre, Paris était une ville peuplée de *gens différents*. J'avais pris une douche assis dans ma baignoire. Amorphe, endormi nu sur mon lit après avoir bu trois verres d'eau. Dans la nuit, j'avais été réveillé par les lumières de l'immeuble d'en face. Le tumulte, l'incendie en lui-même ne m'avait pas alerté. Si cela avait été le cas, j'aurais peut-être pu empêcher la mort de la vieille dame. Les pompiers étaient arrivés trop tard. Ils avaient ouvert les fenêtres donnant sur la rue pour pénétrer chez elle, je ne les avais pas vus depuis la cour. Simplement le désastre, l'habitacle noirci et Gauthrin en pyjama toussant à sa fenêtre. La fumée avait envahi mon living. J'avais senti cette odeur de chair et de plastique brûlé jusque dans mes toilettes. En une nuit, perdu cette grande amie sans nom. Je ne l'avais pas entendue mourir. Comme pour Martine, je n'avais pas su. Je n'avais pas su savoir.

J'avais beau imaginer qui elle était, je n'aurais jamais connu la voix de la vieille dame. On développe pourtant de ces facultés empathiques à distance. Joie de la voir joyeuse, tristesse de la sentir triste. Je l'avais aimée. « C'est faux, tu ne lui as jamais parlé ! C'est pas de l'amour, ça ! » Charlotte, à qui je racontais la chose sur messagerie instantanée, en profita pour se venger de l'histoire des tampons à double nervure. Les encarts publicitaires spontanés avaient continué de sévir sur sa page, mais elle n'en voyait toutefois plus l'inconvénient.

– Tu as raté une belle occasion de faire connaissance. Après tout, tu es superégoïste comme type. C'est comme pour Perrine, tu t'étais même pas rendu compte qu'elle était enceinte. Il a fallu qu'elle en parle sur ShowYou pour que tu t'en aperçoives, et juste avant la naissance ! Eh mais, sur quelle planète tu vis ? Si tu voulais la rencontrer, ta vieille, personne ne t'en empêchait ! C'est bien fait pour toi.

Cette donneuse de leçons prostituée du système qui vendait sans le vouloir du jus d'orange, des tampons, du lave-glace, des saucisses et du caramel, cette abrutie qui avait tout accepté de ShowYou et qui, passé le stade de la blessure première, s'enorgueillissait d'être la fille au shampoing gloss et au vernis hypoallergénique, la fille aux ongles incassables, cette fille-là avait raison. Du fantasme, des foutaises. Tout juste avais-je été capable de lorgner une vieille dame tous les soirs.

L'apercevoir vivre, n'était-ce pas déjà l'aimer ? Mon palais du Bardo, que ne vous ai-je jamais parlé en vrai ? Que je ne vous ai-je connue ? Il avait semblé possible, pourtant, par un moyen ou par un autre, de se procurer le code de l'immeuble d'en face. Possible d'y entrer, quitte à subir les relents aillés de l'haleine de la gardienne, quitte à passer pour un Témoin de Jéhovah, quitte en fin de compte à ce que vous ne m'ouvriez jamais la porte, chère vieille dame, j'aurais dû tenter de vous approcher. À présent, c'est trop tard. En hommage posthume, j'avais zoomé dans vos décombres pour constituer ma vidéo du dimanche. Sophie avait voté pour. En vain : le sensationnel n'avait pas plus payé que ça. Je ne gagnerais donc jamais le concours hebdomadaire. Peut-être étais-je né pour perdre ? *Le Loser*, comme le titre du film tiré du roman de Rémy Gauthrin ?

– Eh, prostitué toi-même ! Tu te crois meilleur que les autres ? Toi aussi, Charles, tu en vends du lave-glace ! Tu en vends et tu ne t'en rends pas compte ! Si tu avais des couilles, forcément que tu te ferais exclure du réseau. Mais non, tu es comme tout le monde, tu veux rester. Tu es comme moi, comme nous tous. Du lave-glace, de la mousse à raser, des préservatifs, des jeux vidéo : non mais regarde comme tu vends ! Regarde un peu ce que tu vends avec tes photos !

PAS PLUS D'IDENTITÉS : TOUT LE MONDE SE VEND AU MONDE

Le dernier livre de Rémy Gauthrin était sorti la semaine précédente, *Comme si c'était fait*. Mais ce n'était ni fait ni à faire. Ça peuplait orgueilleusement les devantures de librairies, son nom en gros pour faire vendre. Le public en manque d'un romantisme à la petite semaine, les rechercheurs du désarroi affectif, les regrettants du Saint-Germain-des-Prés qu'ils n'avaient jamais connu ou ceux qui aimaient les chansons françaises contemporaines avec des rimes sur les stations de métro ou les lessives assouplissantes, sûr qu'ils trouveraient leur compte dans cette langue qui s'écoutait écrire et soupirer, se suffire et pourtant à chaque ligne s'en vouloir toujours davantage d'être aussi vaine. Cent deux pages d'un phraseur constipé et pas une de plus, des répliques fatales et la certitude de changer le monde chaque fois que le personnage principal (un homme qui ressemblait à Gauthrin comme un frère) ouvrait la bouche pour donner son avis sur l'amour, la vie, la haine, le respect ou le regret. *Comme si c'était fait* mettait en scène un homme de quarante-cinq ans qui ne comprenait pas pourquoi les femmes ne l'aimaient pas, ou plus, avec l'illusion selon laquelle elles l'auraient trouvé irrésistible à vingt ans dans sa posture d'enfant triste ou de poète maudit. Les femmes de sa jeunesse s'étaient toutes mariées avec des industriels au cœur gros mais – le personnage et le romancier le pensaient de concert – à l'imagination limitée sur le plan artistique et sexuel. Qu'est-ce qui me prouvait que Rémy Gauthrin était un bon coup ou seulement un bon écrivain ? J'avais la vérité en face, sur pages et sur cour, et je savais avec quelle hardiesse il réussissait à nous enfumer profond.

« Mais comment peux-tu faire l'amour avec un loser pareil ? » demandait à d'anciennes conquêtes le personnage de Valéry, double à Y confondant de Rémy, bardé de suffisance. Les maîtresses repentantes baissaient la tête et puis se rendaient compte avec un décalage de deux chapitres sur la question qu'évidemment elles avaient eu tort d'avoir lâché Valéry. C'était sa fiction exacte, doublée d'un joli n'importe quoi de registre. Il écrivait « je vais te faire payer ce que tu m'as fait subir, radasse », comme une déclaration d'indépendance devant la convenance, subtil, blasonnant l'art contemporain d'exprimer la grâce. Il passait du coq à l'âne et du vocabulaire de cantine d'entreprise à celui de la Carte de Tendre sans transition. *Symbolisme topographique* oblige, Valéry se livrait à une traversée quotidienne du Grand Paris depuis la rue du Four jusqu'à la rue du Bac, rentrant amer d'avoir revu Sybille, Anna ou bien Marie-Catherine, son amour-de-toujours qui ne le savait pas elle-même. Je ne mourrais pas idiot. Après avoir découvert en exclusivité des extraits du livre dans un hebdomadaire, je voulus l'avoir sous la main, tout de suite et sans me déplacer, sans prendre le risque, surtout, que quelqu'un me voie l'acheter. Commandé sur une librairie en ligne un samedi après-midi, je reçus le colis par la poste trois jours après, la vendeuse électronique ayant fait du zèle.

Bonjour,

J'ai le plus grand plaisir de vous faire parvenir immédiatement le livre de Rémy Gauthrin que vous avez commandé sur notre plateforme de vente. J'espère que vous allez le trouver d'un grand intérêt et que vous allez passer, grâce à lui, de belles heures de détente et d'évasion. Avec tous

mes remerciements pour cet achat, je vous en souhaite une excellente réception.
 Bien cordialement,
Jocelyne Rappe

Le tout était accompagné d'une petite signature minable en forme de crotte d'oiseau. La dernière phrase était très bien pensée, avec cet achat dont on m'avait souhaité la réception excellente. Cela méritait une bonne note. Les vendeurs de ce site de e-commerce attendaient l'évaluation de leur performance comme une Légion d'honneur. Sur la page de mon compte, je me rendis dans la section *Où en sont vos commandes ?*, cliquai sur *Évaluez votre vendeur*, accordai cinq étoiles à Jocelyne Rappe, cochai la case *Tout à fait satisfait* et ajoutai un mot dans l'espace libre *Laissez un commentaire* afin de lui présenter mes encouragements pour les ventes de la rentrée de septembre. En me déconnectant, j'avais trouvé cela incongru. Encore que ça ne le serait pas moins d'écrire « bonne année » ou « bonne santé » à la fin de mes mails professionnels en janvier prochain à d'autres gens que je n'aurais jamais vus. Cette réaction en déclencha une nouvelle de la part de Jocelyne Rappe qui, satisfaite de ma bonne appréciation et des cinq étoiles dont je l'avais décorée, envoya un mot de remerciement sur ma messagerie de compte. Je craignis un instant que ces politesses ne prennent jamais fin, que le contact soit impossible à rompre ou pour toujours établi. Après tout, je ne me servais presque jamais de cette inbox, on pourrait croire à une négligence, du fait de la rareté de ma fréquentation (la date de ma dernière connexion était renseignée en bas à gauche de l'écran).

Je commençai le roman de Gauthrin le soir suivant. C'était aussi lamentable que je l'avais prévu, mais peut-être plus drôle. L'auteur n'usait d'aucune ironie, cette sensiblerie sans recul désarmait. Gauthrin ne fonctionnait pas en termes de chapitres, en paragraphes, il ne fonctionnait pas en livre. Chaque phrase était placée comme un ace au tennis, un petit coup de maître, une victoire à court terme. Une succession boulimique de sucres rapides, des pichenettes à répétition. De retour sur mon écran, je m'étais cultivé à lire les commentaires de l'œuvre sur la « fiche livre » de la boutique en ligne. Ab44 affirmait, avec ses termes savants, sans que je le suive tout à fait : « Il n'y a ni œuvre ni concept ou scénario. Malgré l'efficacité des aphorismes pris indépendamment les uns des autres, tout n'est qu'évocation brumeuse, marketing d'états d'âme. Ce n'est pas un écrivain, c'est un écriveur de slogans ! Si tant est qu'on se situe en terrain littéraire, l'art de la citation, celui du pastiche ou l'allusion parodique prodiguent à *Comme si c'était fait* une dimension intertextuelle qui ravira un lectorat sarcastique et averti. On y trouvera des phrases mémorables : "Il y avait des jours comme ça, elle, lui, la nuit, la nuit qui n'était, d'ailleurs, plus le jour." (syntagmes atrophiés d'un extrait de Scott Fitzgerald dont on enlèverait l'avant-dernier mot, selon une logique tenant de la suite arithmétique) ; "Il arriva le premier sur place, mais ce qu'il était n'importait que peu, même s'il y était." (confusion durassienne des pronoms et du locatif avec l'intérêt général) ; "Comme il faisait bon vivre, quand elle ne savait pas où le faire." (absence de décision flaubertienne obtenue à l'aide d'antidépresseurs) ; "Il parfumait ses lettres d'eau de Cologne pour se rappeler sa grand-mère." (Proust en maison de retraite médicalisée) ; "L'amant était chez elle pressenti comme un chapon cuit à point, elle le voulait doré, doux mais poivré aussi, à l'appétit féroce, tandis que lui-même, ayant de la bouteille, n'en finissait pas de saler l'existence de ses amoureuses." (les *Nouvelles recettes faciles* de Françoise Bernard) ; "Elles arrivaient par centaines sur la plage, ces filles rieuses, fruit gorgé d'une jeunesse éternelle, et dans le rock'n'roll de leurs minijupes, Valéry les désirait avec avidité ; on vivait là un moment exceptionnel, une attraction grandiose." (*Paris-Match*, sur les années yéyé). »

En dépit de l'excellent divertissement que constituait cette invite, j'accusais le coup. Il était surréel de penser qu'Anne-Laure ait pu consacrer un mémoire de master aux bouquins de ce type. La lecture de *Comme si c'était fait* me fit l'effet d'une brochure pour les Maldives ou d'un magazine féminin. « Vendre du rêve », on disait. Mais je ne touchai rien. « Gauthrin est contre l'époque », « pour rendre la vie supportable », affirmait Al. Elle voulait croire qu'il avait accompli une œuvre. Au lieu de ça, il racontait simplement sa vie dans des livres bénéficiant de bons retours dans les suppléments littéraires. La mélancolie pleurnicharde du personnage de Valéry à voir les femmes qu'il avait aimées lui passer devant, le dévoiement avec lequel il tirait la goujaterie à son avantage, la femme rendue putain ou rendue abstraite (selon l'état de la libido de Valéry) me donna l'envie soudaine de lui tirer dessus, par-delà le bien, le mal, la bienséance, et nos petits balcons respectifs affublés de ces géraniums que ni l'un ni l'autre n'arrosions avec trop d'enthousiasme. Son ennui, ses passes, son alcool, ça sentait l'eau de toilette et la suffisance, ça contrevenait à l'idée de splendeur. Lorsque je refermai le livre, il était 2 heures du matin. Je l'avais terminé avant d'en avoir éprouvé la substance, compris le rapport avec elle, son élégance naturelle ou même sa gentillesse.

Ce que Soleilglacé, autre commentateur de la librairie virtuelle, soulignait à juste titre (et là encore avec des références un peu compliquées) : « Rémy Gauthrin produit des romans de plus en plus nuls et vend pourtant de plus en plus, son nom étant de plus en plus gros sur la couverture des livres. Comme si c'était fait a la force d'une bombe sans mèche, celle d'un pet sous l'eau. Maladive envie de s'avachir dans la complaisance ou pari à honorer ? On ne saura jamais, cette fois encore, ce qui aura guidé son geste ! L'obèse Gauthrin n'a pas idée de la fiction simple, de l'évasion et de la légèreté dans des personnages de pure invention. Un peu à la manière des étudiants en sciences politiques ou des journalistes polémistes qu'ils deviennent (avec ô combien ce talent qui nous prouve qu'ils sont à leur place là où ils officient), notre infirme japonisant n'a jamais eu l'envie d'une littérature vidée de quoi, pleine de comment, où les phrases s'accordent et se répondent. Pensons aux arborescences enluminées sur les tableaux de Paul Sérusier, aux rosaces qui dans les cathédrales du Nord de la France s'entrelacent à distance, dévoilant la nuit et le soleil, la marche du monde entier dans son imitation, de tout ce que les accords du sens et du rythme peuvent prodiguer à l'idée d'un livre, l'idée embrassée d'un livre qui ne serait, justement, pas le fruit d'une colère jamais venue, l'anodin sexuel d'une précocité au plaisir ou d'atermoiement idéaliste. Un sublime, comme Godot, toujours attendu. » Mais là, le type s'emballait.

Pour le dire en plus simple : Gauthrin faisait pitié. Son John Wayne, c'était lui. Son invention c'était lui-même, réduit à ses propres fins. Une haute tour autistique, un escargot recroquevillé dans le renfoncement sinueux de sa coquille. Cette entreprise monadique rêvait pourtant de s'épousseter. De respirer, d'arriver, d'être. D'éclore, d'accoucher. Plus que jamais, certitude pour Rémy ou pour moi qu'il n'y avait de salut que dans l'autre que soi mais que se quitter soi revenait à mourir. Rémy n'avait pas plus le courage de mourir que celui de vivre, j'étais comme lui, et Anne-Laure, elle, admirait l'œuvre d'un fruit sec. Je ne comprenais rien. Sans doute n'étais-je pas assez contre l'époque. Cette époque qui me constituait.

QU'EST-CE QUE « L'ÉPOQUE » SIGNIFIE ???

Le chemin côtier longeait la plage. Sa nuque sentait les embruns. De dos, Al m'indiquait la voie dorée du sable entre deux ombres, éclairée comme un trésor, un contraste avec la lignée des algues, une parallèle parfaite. Que les arbustes l'enserrent, formant un arc autour de son corps, elle trouvait cela normal. La voûte de mes bras, l'oppressant, l'aurait effrayée. J'écartais les branches qu'elle me renvoyait dans la figure après son passage. Le cabinet ne m'accordait aucun jour de congé, j'étais parti sans prévenir en Bretagne avec les Truands. Pour une semaine, comme si j'avais déjà voulu liquider ma carrière, marcher vers le vide et du même coup lui échapper. Cela dépend toujours de quel côté du vide on se place. Al avait passé les écrits de son concours, elle n'avait pas voulu faire de pronostic mais pensait avoir réussi.

Pour quel paradis ? Elle préférait ne pas le savoir. Ses parents lui laissaient la maison de Larmor-Baden, prenant le relais de sa grand-mère sur la côte basque, où les établissements avaient meilleure réputation qu'à côté de chez eux (massage, relaxation ; séjour santé, forme ou minceur ; avec ou sans parcours aquatique ; soins spa visage, soins spa corps, algues, boue, etc.).

Jaunes et vertes, coques rouges, les embarcations émerveillaient Al. Elle m'a parlé d'un peintre, suicidé en 1955, qui avait commencé par des tableaux abstraits et fini sur du figuratif. À la fin, il peignait des bateaux, des oiseaux, des paysages, des pianos. Je n'avais jamais entendu parler de ce type mais elle m'a souri d'une manière si complice qu'on pouvait croire que oui. Les couleurs me sont montées à la tête, j'ai saisi sa main. Dans le calme du golfe, le velours de la marée douce, elle l'a retirée très vite. Ce refus rapide a percuté la tranquillité du panorama, les pins et les sinagots aux voiles ocre qui avançaient lentement, le chapelet neutre des maisons au toit d'ardoise. Les flaques reflétaient le ciel. J'aurais bien voulu d'un orage mais rien n'a bougé. On ne commande pas au paysage. Lui, le peintre suicidé peut-être, mais pas moi.

– Vraiment, j'aimerais comprendre maintenant. Tu ne veux pas de moi, ok. J'aimerais juste comprendre pourquoi tu m'invites, pourquoi tu passes ton temps avec moi ?

– Parce que tu ne me juges pas. Tu ne m'enfonces pas parce que je passe ce concours. Tu comprends que je flippe. Parce que toi aussi, tu flippes, non ?

– Qu'est-ce que tu veux dire par là ?

– Charles, j'ai beau ne pas te connaître depuis longtemps, j'ai bien compris que ça n'était pas toujours facile pour toi. Tout se passe comme si tu avais dû obéir à une consigne, c'est ça ? Tu flippes comme Alberic, et bizarrement ça me rassure. Et tout aussi bizarrement, j'aimerais te rassurer. Parce que je ne veux pas que tu vires au malade mental, comme ton père.

– Ça c'est la meilleure, je n'ai rien à voir avec ce que tu racontes, je n'ai rien à voir avec Alberic ! Et mon père n'est pas devenu un malade mental, figure-toi. Il se repose actuellement, en clinique, à la suite d'un choc émotionnel important. Quant à tes peurs en tout genre, ça m'étonnerait que tu les résolves en rentrant dans l'administration, tout en poursuivant ta carrière de rebelle au sein de ton groupe de punk. Tu vas finir schizo. « Contre l'époque », c'est bien ça ?

– Excuse-moi, mais pour ton père, la nuance n'est pas évidente. Moi au moins je reconnais que j'ai un fasciste à la maison ! Tu crois que j'ai envie de lui ressembler ? Tu crois que ça me fait rêver, la désillusion ? Oui, j'aime bien les romans de Gauthrin. C'est profondément humain, ses histoires d'amour. Ça me permet de m'échapper, où est le problème ? Et oui, je joue dans un groupe dont personne n'entendra jamais parler, si c'est ça que tu veux dire, mais moi ça me plaît. Et je te retourne la question : pourquoi est-ce que tu nous suis dans les catacombes ? Qu'est-ce que tu viens chercher ? ShowYou, ça ne te suffit pas ? Qu'est-ce que tu me veux, Charles ?

– J'en sais rien. Tu as raison, peut-être que je vaux mieux que ça, que vous, peut-être que je vaux mieux que toi. Peut-être que c'est toi qui ne me mérites pas. Voilà.

Comme si de rien n'était ce soir-là, nous avons progressé le long de la côte, elle devant, pieds nus sur le muret des maisons qu'à marée haute les vagues viennent lécher à l'entrechoc. Je l'ai suivie à la trace et regardée gravir en boy-scout le dos dessalé d'une coque jaune dans un jardinet. On s'est enfoncés dans le silence. Elle a simplement ordonné de nous dépêcher, les autres nous attendaient pour passer à table.

– Il n'y a rien à manger, là-dedans.

Manu vidait les pinces d'un crabe. Le manque de chair le contrariait presque autant que moi. Anne-Laure avait rejoint Cake à la cuisine, ils faisaient frire je ne sais quoi et palabraient à propos de nos emplettes du matin. Elle ne pensait plus à notre dispute, elle était ailleurs. Forcer l'étincelle sur une pierre mouillée ne servait à rien. Ma main, pour l'atteindre, avait usé son silex. Après le dîner, Barthélémy a suggéré qu'on aille boire un coup au bar-tabac du village. Al et Manu ont dit qu'ils étaient fatigués. J'ai suivi les autres. Très vite, j'ai voulu rebrousser chemin. C'était le soleil ou la fatigue, j'étais abattu. Ou bien la promenade avec Al, son refus. Barthélémy et Cake ont tenté de me retenir par tous les moyens. Avec une insistance injustifiée, ils m'ont forcé à prendre un verre. Ils semblaient contrariés que je rentre, que je ne reste pas boire avec eux. Je suis reparti après avoir sifflé une bière. Al avait fermé le portail mais laissé une fenêtre ouverte. Il m'a suffi de passer par le jardin des voisins et de pousser cette fenêtre pour pénétrer dans le séjour. Sur le divan de la mezzanine, je me suis endormi. Des voix m'éveillèrent bientôt, des voix fortes, dont la colère sourdait. Je relevai la tête et trouvai Al en pleine discussion avec Manu dans le salon. Très vite, j'ai compris qu'ils parlaient de moi. Je me suis alors recouché, retranché sous les coussins, mort, inexistant. J'ai entrouvert les yeux. Le ton est monté, ils croyaient qu'ils étaient seuls.

– Pourquoi tu l'as invité, lui, cette espèce de no-life qui passe sa vie sur internet ? Pourquoi tu pars te promener avec lui tout l'après-midi ? Qu'est-ce que vous vous racontez, on peut savoir ?

– Arrête un peu, il est sympa. Critique pas mes amis comme ça.

– Ah mais qu'est-ce que tu lui trouves à ce type, j'aimerais bien le savoir ! Il te fait jouir tant que ça à la fin ?

Une gifle fusa, suivie d'une immédiate demande de rédemption. Je retenais mon souffle.

– Comment tu oses insinuer que je couche avec lui ? T'as plus confiance en moi, c'est ça ? Tu crois que je te trompe ?

J'étais fusillé. C'était donc avec lui que ça se passait, avec cet ivrogne aux yeux pas droits, à la voix de ferraille. Ce donneur de leçons, cet anti-ShowYou à la noix, cet anti-époque, ce naze dans sa guérite, devant l'immeuble qu'il gardait comme un chien. Sans avenir, sans argent, sans appartement, sans costume. Sans réseau social, sans caméscope, sans photo de profil, sans rien du tout. Ce type avec sa guitare basse et son air blasé était l'amant d'Anne-Laure Bagnolet. Qu'est-ce qu'elle leur trouvait, à tous ces types-là ? Qu'est-ce qu'elle trouvait à Rémy Gauthrin ? Et moi, pourquoi me voulait-elle, pour faire quoi ? Les paroles de Al me firent l'effet d'un coup sur la tête. L'étreinte qui suivit n'arrangea rien, Manu pleurnicha « pardon, pardon ! » en la déshabillant. Bien sûr, elle se laissa faire. Elle en redemanda, même. Je la vis nue, à peu près comme que je l'imaginais, proportionnelle, la peau très blanche, les seins pointus.

– Est-ce que tu m'aimes ? Tu m'aimes ou quoi ?

– Bien sûr que oui, je t'aime, c'est toi que j'aime, je te le promets : je t'aime. C'est toi que j'aime et c'est toi que je veux.

– Tu me veux vraiment moi ?

– Oui, toi vraiment.

– Pas lui, t'es sûre ?

– Non, pas lui, pas lui je te promets !

– C'est moi ton amour, oui ou merde ? Je veux t'entendre me le dire plus fort !

C'était une séquence dialogique de grand intérêt. Oh bien sûr, j'aurais pu mettre les mains sur mes oreilles. Ou fermer les yeux. Mais le pire dans tout ça, c'est que je n'en avais aucune envie. J'ai noté les détails, les mouvements, les cris, les déplacements d'objets, les positions, les approximations et les aboutissements. Les causes et les effets, les enjeux et les assauts. Plus proche qu'avec Gauthrin, moins pourtant que si c'était moi qui aimais quelqu'un. Aimerais-je jamais quelqu'un ? J'avais si souvent préféré les filles sur albums photo que je ne savais plus à quoi je servais. Ce soir-là, en revanche, Anne-Laure allait me servir à quelque chose. Je n'avais pas emporté mon caméscope numérique, mon téléphone ferait bien l'affaire. Quand j'ai appuyé sur Rec, j'ai eu peur qu'ils ne remarquent la petite lumière rouge depuis la mezzanine. Mais non, ils n'ont rien vu. J'ai tout capturé, tout jusqu'à la fin, jusqu'à ce qu'elle n'en puisse plus de lui dire combien elle l'aimait lui et pas moi. L'utilisateur de ShowYou étant, par clause, au moment d'accepter les conditions d'utilisation de la plateforme, protégé contre les poursuites légales pour obscénité, j'ai tout envoyé sur le serveur. On serait dimanche dans quelques heures, j'avais le droit de prendre un peu d'avance.

La vidéo des ébats d'Anne-Laure et Manu a tout de suite rencontré beaucoup de succès. Un succès qui, je dois le dire, m'a quelque peu dépassé. La viralité a fonctionné à merveille : en moins de douze heures, quatre mille trois cent vingt-six personnes l'avaient déjà partagée sur leur page de profil. J'ai reçu des centaines de demandes de mise en relation sur la simple base d'une affinité pour le porno, le style *gonzo* ou *girl next door*, pour les films humoristiques et pour les téléphones mobiles de la marque du mien. Certains internautes ont réalisé des montages amusants de la séquence, avec de la musique techno, en noir et blanc. Quelques-uns en ont tiré des parodies. D'autres l'ont passée à l'envers. Un annonceur en ligne l'a également utilisée pour faire la promotion de produits lubrifiants. Ce court métrage n'avait rien d'extraordinaire, à bien y regarder. C'était juste un couple en train de faire l'amour et de se dire des banalités. La prise de vue chaotique avait dû plaire, peut-être aussi les sous-vêtements de Al. En coton, il paraît que c'est plus excitant que la dentelle. Ou alors le décor, parce que ça s'était passé juste en dessous d'une gravure représentant une dame jouant du clavecin, vers 1750. Du coup, on se disait que ça n'avait rien à voir, que c'était décalé. Peut-être aussi parce que je n'avais fait aucun commentaire, qu'on sentait que j'avais tourné la scène en cachette, et le côté secret il paraît que c'est érotique. Un triomphe c'est un moment, un tout, une opportunité. Inutile de chercher à le décortiquer : il arrive et c'est ainsi. Ça devait être le « body moment », celui que Théodore avait si bien décrit l'autre fois. La température du corps, la libération, la transe. Je n'en sais rien. Reste que ce dimanche, je suis arrivé premier pour Paris, district dont je dépendais, même en vacances. Je n'arrive toujours pas à le croire.

Le lendemain, j'ai quitté les Truands précipitamment. La nouvelle ne leur parviendrait pas aux oreilles avant longtemps mais je me sentais coupable, incapable de manger un morceau, de sourire, d'être détendu. Ils ont cru que j'étais malade. Ils m'ont souhaité un bon rétablissement.

et Barthélémy m'a mis dans le train à Vannes, direction Paris. Al s'était levée tard. Elle n'avait pas pu me dire au revoir et m'a envoyé un SMS pour connaître les raisons de mon départ. Je n'y ai pas donné suite. J'ai passé un trajet étrange, assis à côté d'une mère de famille et de ses deux enfants dans le carré voyageurs. Ils n'arrêtaient pas de hurler, de demander des gâteaux ou de l'attention. Elle était là, patiente, elle les occupait avec des feuilles de papier et des crayons de couleur. Ils avaient aussi des livres illustrés, en relief, qui faisaient des bruits d'animaux, à l'ouverture des pages se déployaient les ailes d'un dragon. Un lapin sortait de son terrier à l'aide d'une tirette. Ils demandaient souvent « pourquoi ? ». Leur mère répondait à leurs questions sur la vitesse du train ou la forme des nuages. Elle leur distribuait de petites briques de jus de fruits qu'ils perçaient avec des pailles. Elle leur était tout à fait dévouée, leur laissait la liberté de tacher leurs vêtements ou de balancer leurs jambes courtes contre mes genoux. Pendant trois heures et demie, j'avais regardé mon téléphone sonner sans répondre, afficher le nom d'Anne-Laure Bagnolet. J'avais voyagé avec mes petits voisins en me rappelant mon enfance. Je n'avais pas élevé la voix, j'aurais eu l'impression de profaner, d'empêcher leur vie.

Je passai un dimanche soir rue Bois-Le-Vent sans la vieille dame. On communique avec les morts encore moins qu'avec les vivants. L'appartement de Rémy Gauthrin, quant à lui, semblait désert. Leur absence était nouvelle, dérangeante, atroce. Et toujours mon téléphone, qui m'indiquait qu'Anne-Laure avait cherché à me joindre. Je crois m'être formulé à ce moment-là que je ne voudrais plus jamais entendre parler d'elle. Ses messages (cinq) révélaient une voix légère, puis inquiète, puis colérique. Les uns derrière les autres, ces monologues de boîte vocale paraissaient grotesques. J'avais ri nerveusement en prenant ma tête entre mes mains, bouchant mes oreilles, masquant mes yeux. L'angoisse montait, à mesure que d'autres messages, de félicitation cette fois, aux expéditeurs tous inconnus, tombaient et tombaient dans ma boîte de réception de messagerie ShowYou. J'étais cerné. Au bout du compte, un seul e-mail justifia ma perte de repères, celui que m'envoya Théodore Zami sur le coup des 23 heures.

Charles,

J'ai pris connaissance de ton succès et je t'en félicite. C'est un bel exemple de brio et de ténacité, d'autant qu'il semble que tu aies mérité cette victoire. En effet, j'ai bien vérifié ton

historique de navigation sur le réseau : il ne compte jusqu'alors aucune réussite au concours hebdomadaire. Toutefois, je ne tolère pas qu'un membre de ma team disparaisse sans justification préalable, d'ordre familial ou médical. Je suis compréhensif. Tu me connais, plutôt open comme garçon. Mais pour le bien et la perduration de l'équipe-projet, il m'a fallu informer la hiérarchie de cet écart de conduite. Cet écart s'appelle « abandon de poste ». Mardi dernier, les seniors ont décidé de se séparer de toi. Ça a été une décision délicate mais mûrement réfléchie. Par définition, un junior qui ne prend pas au sérieux ses missions est un élément caduc. Nous te convoquerons lundi 25 septembre, tu recevras sous peu une lettre du colonel. Comme je t'apprécie beaucoup, j'ai préféré t'écrire avant. Je le fais aussi pour te dire que je vais être forcé de te retirer de mon réseau de connaissances sur ShowYou. Ne le prends pas mal, c'est au cas où on croirait que je te revois après ton licenciement.
Bien à toi,

Théodore

Le même soir j'avais consulté http://www.fool-sentimental.blogfox.net. La blogueuse avait mis en ligne un texte de Thérèse de Lisieux à propos de la Vierge, un laïus en forme de prière. Elle avait accompagné cette prière d'une vidéo extraite de *La Maman et la Putain* de Jean Eustache. On ne faisait pas pire dans le paradoxe, encore que celui-ci se révéla ne pas en être un. Veronika, l'infirmière du film, exécutait un monologue à propos de l'amour. Elle voulait qu'on l'aime, et se fichait de baiser. « Baiser », disait-elle, répétait-elle. On connaissait ce mot mais dans la scène il dérangeait, parce que Veronika n'en finissait pas de le répéter. « Si vous baisez j'en ai rien à foutre, je me sens heureuse avec vous, je me sens aimée par vous deux. » Jean-Pierre Léaud et Bernadette Lafont manquaient d'amour et la regardaient sans rien dire. Le cri du cœur de Veronika me renvoya aux rapports que j'avais virtuellement entretenus avec les filles des photos et des vidéos de mon ShowRoom pendant un an et demi de fréquentation du réseau. À mon film d'Anne-Laure et Manu. À Gauthrin et ses poupées. « Comprenez bien une fois pour toutes que j'en ai rien à foutre parce que je vous aime », insistait l'infirmière. Ça tranchait avec la hargne de la blogueuse, ça s'accordait pourtant avec son désir de justice. Le grain du film d'Eustache était saturé, les blancs effaçaient le relief des visages, on ne voyait pas bien les larmes de Veronika mais on les imaginait mieux ainsi. Ce qu'elle disait encore : « Il n'y a pas de pute sur terre. Il n'y a pas de putain, qu'est-ce que ça veut dire putain ? » Ça parlait pour nous, pour Al, la blogueuse.

et moi. Pour Charlotte, pour Perrine, pour Théodore. Pour Brian, pour Sophie. Pour David, pour Darius et pour Maryline. Pour Papa et Maman. Ça pleurait. « Ma tristesse n'est pas un reproche, vous savez. »

Le lendemain matin, bien que cette action soit irréversible, conscient des conséquences de mon acte, j'ai supprimé mon compte utilisateur ShowYou.

À la question que lui avait posée le journaliste « Avec *Comme si c'était fait*, qui avez-vous voulu toucher ? », Rémy Gauthrin avait répondu « personne ». Sans savoir pourquoi sur le moment. Et il avait été satisfait de sa réponse, d'autant que le type n'avait pas réagi en face de lui. « Personne » semblait faire de l'effet. Un effet étrange, car sortant du bâtiment de la radio, Rémy s'était senti mal à l'aise. Dans le taxi le ramenant vers chez lui, ça allait encore. Des repères dans Paris (restaurants qu'il fréquentait, avec qui ? Immeuble de sa maison d'édition, ou le suivant ? Balcon d'une ancienne maîtresse, qui ? Jardin public où jeune il avait fait des frasques, mais lesquelles ?), une impression de réassurance forcée comme après un vertige, le besoin de se dire qu'il y avait eu plus de peur que de mal et qu'il allait rentrer chez lui se faire couler un bain. Mais pourquoi ? Il n'était pourtant pas tombé. Tout juste avait-il prononcé un mot, pas un nom de personne mais le nom de personne. Pourquoi s'était-il senti perdu dans la ville ? Perdu, ou plutôt abandonné par lui-même. Il s'était quitté, ressentant l'effroi toujours observé avec malice, savouré en retrait, qui étreignait ses petites amies quand il les mettait dehors. Il était la fille, lâchée par Gauthrin. Mais ce n'était pas cela, cette douleur au cœur n'avait rien de sentimental. Il était perdu dans Paris parce qu'il se sentait abandonné au désert. Cette douleur se déversait sur un espace aride qui ne l'absorbait pas, un désert sans oasis, sans répit, sans espoir. Sans personne.

À nul autant qu'à tout le monde, il souhaita ce qui lui arriva ce soir-là. Résonnait dans ce cœur meurtri le nom de personne, or personne n'était pas le nom de quelqu'un. Ces syllabes imbéciles, vides jusqu'à présent, se remplirent à cet instant de son sang d'humain. Il se vit arriver en enfer, au paradis des suffisances. Divisé, légion, démon. Telles furent ses visions. Où et qui était-il ? En prononçant « personne » une nouvelle fois, Rémy eut l'impression de mourir. *Qui avez-vous voulu toucher ?* Il s'effondra en rentrant chez lui. Plongea dans son bain en pleurant, sans comprendre pourquoi. Il tremblait dans l'eau chaude, sanglotait comme un gosse. « Je n'ai voulu personne.

213

J'ai déçu et méprisé tout le monde », pleura-t-il amèrement. Il eut ensuite une pensée pour la flagellation et le couronnement d'épines de Jésus-Christ. On ne sait pourquoi. Cela l'avait saisi, c'était venu comme ça repartirait, ou non. Mais la scène ne le quitta plus. Il observa longtemps le visage tuméfié du Nazaréen qui lui demandait pourquoi il ne voulait toucher personne. Comment lui répondre ? Au demeurant, la religion n'était peut-être qu'un divertissement de plus. On ne s'en sortait pas, seul au monde. Peut-être qu'au Ciel il n'y avait personne.

Il sortit de l'eau. Nu, il alluma une cigarette. Dans un livre d'histoire de l'art, il retrouva des reproductions du *Couronnement d'épines* par Le Titien. Le peintre en avait réalisé deux versions, l'une en 1542, l'autre en 1572. Ces deux tableaux occupaient dans le livre une page de droite et une page de gauche. Identiques, à s'y méprendre. L'intriguaient les raisons qui avaient conduit l'artiste à peindre deux fois la même scène. Le Christ y était pareillement entouré de cinq tortionnaires, la violence et les clairs-obscurs saisissants. Leur différence, surtout, l'interpella. Un buste de l'empereur Tibère donnait à la première toile un arrière-goût de légitimité dans l'horreur. Sur la seconde toile, le buste disparaissait, un lustre éclairait la scène. L'éclairage de la version de 1572 s'accordait, déception et désamour unis, avec son désert. On éclairait sa solitude. « Cela fait sens, avait-il longtemps martelé au micro des émissions, c'est le sens donné à. » Mais de quoi parlait-il ? Peur panique de l'honnêteté, des gens honnêtes, des bonnes personnes, des justes. Peur de l'éclairage de 1572. Emploi d'un vocabulaire religieux – la grâce, l'âme, le salut, la mystique – toutes ces années, à tout bout de champ, sans savoir ce qu'il profanait. C'était son dada, vider les mots de leur substance pour en détourner la force, justifier des écarts de comportement avec de grands mots dévalisés, laisser une impression de sérieux et de repentance dans le cœur des amantes. « Péché », « perdition », « indécence », ça avait toujours bien marché. Les filles manquaient d'une religiosité élémentaire, c'était facile. Elles prenaient les vieux dragueurs pour leurs dieux. Maintenant, il aurait voulu leur dire de brûler les idoles.

Le lendemain, il déversa ses bouteilles de whisky dans l'évier, se débarrassa de ses anxiolytiques, prit des nouvelles de ses amis du lycée, pensa à l'anniversaire de sa mère et tenta d'expliquer à Suzanne, qui l'aimait, que lui ne l'aimait pas. Qu'elle aurait mieux à faire que de coucher avec lui. Qu'il fallait qu'elle se trouve un mari. Elle le prit pour un fou. Il serait nouveau, il serait fou, ou non. Il serait mieux.

Au cocktail organisé pour un important prix littéraire, on trouva Rémy affreusement maigri. « Tu es malade ? » L'idée du cancer de la prostate de Rémy Gauthrin se répandit comme une traînée de poudre. Ajoutée à sa réputation d'amoureux éconduit, cela en fit une curiosité sexuelle attirante par la pitié qu'elle suscitait. On voulait le voir, qu'il se montre. Il devint le bouffon de la zone, la peluche des after. On le chouchoutait, on voulait qu'il se sente bien, dans son rôle de victime. Cela se voyait pourtant à son visage, qu'il allait mieux. Mais c'était ce qui leur déplaisait le plus. Il restait coi, semblait les narguer, leur refuser un pan de sa vie souterrain, de sa vie exclu, de sa vie élevé. Rémy devint « underground », « alternatif », « peu fréquentable ». N'avaient-ils jamais idolâtré les infréquentables ? Sans doute, mais pas ceux-là, qui ne rentraient pas dans les cases du dérangeant établi. L'alternativité de Rémy Gauthrin rendait sot. Son silence et son sourire étaient intolérables. On avait toujours tout su de lui, jusqu'à la couleur de la petite culotte de sa dernière conquête. Tout d'un coup, ça avait l'air important. Que cachait-il ? Il paraissait calme et sans contorsion, non pas apathique mais touché par la grâce. Il était poli sans calcul, sans qu'on le lui demande, sans que cela vaille la peine. Un animal sauvage dans cette ménagerie contemporaine. La petite sphère fut glacée d'effroi. On avait voulu le rendre toutou mais il était loup. Les tatoués et les vaccinés l'acceptèrent mal. L'officiel du subversif le jugea indigne d'habiter l'atome, de s'agréger au noyau d'élus. On finit par le mépriser de ne plus le comprendre, de ne plus le maîtriser. Enfin, par le détester.

Comme si c'était fait demeura en devanture un petit moment. Les libraires lisaient la presse mais n'assistaient pas à l'éclosion des rumeurs. Leur train de retard amusa Rémy. Les articles calomnieux mirent plus de temps que prévu à sortir en kiosque. Parenthèse enchantée au cours de laquelle il accepta des dédicaces rive gauche et des cafés gourmands rive droite. Les organisateurs, des novices en la matière (pigistes, webmasters, documentaristes indépendants prosélytes d'un art abominable), le reçurent avec déférence et un professionnalisme maladroit. On voulait qu'il signe là, là et là encore. Ce fut le wagon des derniers exemplaires, des derniers hommages et des derniers mensonges. Son livre n'était qu'un constat général de malhonnêteté. Il faudrait se démettre, s'affranchir de cet héritage au plus vite, trouver comment se rassembler, s'abandonnant lui-même. Il fallait quitter, pour ce faire. Le monde peut-être, ce petit monde assurément.

Il s'en irait.

Rémy Gauthrin voulut partir pour Bordeaux. Ses motivations étaient confuses. Il avait eu le coup de foudre pour la place des Quinconces. Et puis, ses grands-parents y avaient vécu. À sa sœur, il avait parlé de distance, d'une ville qui ressemblait à la capitale, de vouloir la fuir, et en même temps la retrouver. L'urbanité urbaine de Paris sans y être. Les quais, le pont de Pierre, la tour Pey-Berland. Et la rue Vital-Carles, où se trouvait une librairie qu'il affectionnait. Il fallait fuir Paris. Il n'y avait plus que des morts, que des cimetières dans cette ville-là. Des menteurs, des désobligeants et des stratagèmes. Des prostituées, des sacristains du démon. Il était l'un d'eux, il avait fait crever des gens et ces gens le lui avaient rendu. Tout ce petit monde s'était mutuellement trucidé. On se butait pour rien, c'était un jeu d'ombre et de lumière. De la mauvaise lumière, celle portée par un ange qui faisait du détournement de fonds divins. Le mauvais ange qui portait la lumière éclairait notre désespoir. Rendre visible le sordide qu'on tentait de masquer, ce n'était pas « fondre comme neige au soleil », c'était tenter de le masquer en le rendant comestible. Bulletin de santé des chefs d'État et d'honnêteté des ministres, publication de chiffres annuels qui appelaient au chômage technique, immoralité sacralisée dans les salles de cinéma, veille économique de nos plus grandes faillites affectives. Sans cesse de nouvelles nouvelles, tombées au champ d'honneur comme des dépêches AFP dans les supports presse. Et leurs commentaires incessants, des insultes, des crachats en pleine face. Hargne des soldats à nous bastonner, nous les yeux bandés, ronces enfoncées dans le crâne. Vie privée divulguée, dépecée, moquée sur des blogs qui en disaient long sur la vie que Rémy aurait préféré ne jamais vouloir vivre. Quatre cent quatre-vingt-cinq commentaires sur le post où la fille racontait comment il lui avait proposé un plan à trois. Deux cent soixante et un sur celui où on apprenait que sa sœur ne connaissait pas le père de son enfant, qu'elle avait eu à dix-neuf ans, au moment où elle ne comptait pas les « partenaires sexuels ». Trois cent un commentaires à la suite d'un message où l'on révélait les dimensions de ses organes génitaux. Sa vie privée n'était ni privée ni la vie. Mais c'était bien la sienne, étalée par détails intimes comme seules avaient su le faire de bien revanchardes amoureuses. Mal baisées, partiellement baisées, pas assez baisées. Désespérées. « Si les gens pouvaient comprendre que baiser, c'est de la merde. » Rémy se rappela du monologue de Veronika.

Bordeaux l'urbaine, sa beauté froide, ses aurores de Garonne, son arrière-pays vinicole et millionnaire, c'était peut-être trop aristocrate. « Ce n'est qu'à deux heures de Paris, non ? » Sa sœur démentait : la ligne de TGV officiait seulement jusqu'à Poitiers. Passé le seuil du Poitou, le train s'installait dans la ronronnante cadence d'un express régional. Voulait-il quitter Paris, oui ou non ? C'était malhonnête de vouloir la retrouver d'un coup de train. Un coup qui d'ailleurs n'en était pas un, mais quatre bonnes heures à sillonner la France du sud au nord, comme un junkie qui viendrait se fournir dans la capitale. Se fournir en quoi, en morts ? Non, il fallait partir, vraiment partir. Quitter une ville, ce n'était pas en retrouver une autre. C'était tuer la ville. Achever ce qui l'avait achevé. Buter les villes.

De projet de ville il n'y eut plus, comme on arrête l'alcool et le sucre, comme on se sert des verres de soda à l'aspartame. Et l'on ne boit à la fin plus que de l'eau de source, de l'eau pétillante qui ranime et excite. Qu'est-ce qui donnait soif ? enlevait la soif ? La réponse était limpide, une eau claire et, les larmes aux yeux, le goût des vraies choses. Claire, l'envie de naître à nouveau. Dans les villes, il avait toujours pris de mauvaises habitudes, levé les filles, écrit des textes polluants comme le gaz s'échappait des voitures. S'était senti important sans l'être. L'alcool dilatait la raison, un caillot entravait ses artères. Mort de vivre, il lui faudrait retrouver une existence à sa propre échelle, proportionnelle à l'anodin de sa venue au monde, à sa petite vertu. Se purger, se vider, maigrir encore, se diminuer. Il se mit à rêver d'un endroit tout à fait vierge des outrages qu'il pourrait commettre. Un endroit où personne ne le connaîtrait, ne le louerait pour de mauvaises raisons, ne le calomnierait pour de bonnes. Quelque part où il pourrait vivre à nouveau, sans comptes à rendre. Recommencer, réapprendre à respirer, à se nourrir. Un endroit sans solitude mais solitaire, nostalgique sans mélancolie. On ramassait des noix en gaulant les arbres. Elles nous tombaient, dures, sur la tête. Nous surprenaient de leur rudesse, de leur évidence : c'était comme ça, et pas autrement. On ne pouvait pas trafiquer dans cet endroit. Certain qu'on y souffrait pour mieux. Il y avait une logique. Une morale.

Un soir, dans un vieil album de photos, il pointa du doigt la demeure de ses rêves. Le nom de cet endroit était gascon. C'était une terre rocailleuse sur laquelle reposait sa future maison, au pied d'une bastide de pierre blanche. Basse, la maison était accolée au monticule que constituait ce petit village, dont l'église surplombait l'ensemble. C'était le pays de Cocagne, avant que les réalités administratives, que l'art circonscriptif ne le nomme Tarn-et-Garonne. Le pays des gens qui se disent bonjour quand ils se croisent. Un pays où l'on se dispute pour des raisons valables, où passent les dernières mobylettes en activité, *le vrai monde encore !*

où l'hiver a de très belles journées et le 1ᵉʳ janvier un très bel avenir devant lui. S'y trouvaient encore des artisans, des enfants, des maisons sans connexion internet. Des chiens qui appartiennent à tout le monde, des expressions datées, une double nasalisation à la prononciation du mot « année ». Des filles qui aimaient manger de la confiture à la cuillère, à la coupe de cheveux provinciale et qui avaient appris à coudre, à faire leurs propres confitures et leurs propres enfants. À les aimer, à leur coller des beignes quand ils leur manquaient de respect. Pas des filles, non, de vraies femmes. On en trouvait de moins en moins, des comme ça. Il ne les convoiterait pas, mais les regarderait vivre tout ce qu'il n'avait pas su leur donner. Tristesse de les savoir sans lui et joie de les savoir sans lui. Cela valait mieux ainsi. Leurs types avaient l'allure qui nous fige quand on craint pour son intégrité. C'est-à-dire qu'ils étaient vraiment virils.

Cette maison leur venait, avec sa sœur, de leur grand-tante. Ils étaient en indivision sur ce lopin. Ils l'avaient gardé par attachement à la vieille. Pourtant, aucun d'entre eux ne s'était jamais rendu là-bas après sa mort. Rémy conservait des souvenirs émus de petit garçon. Il avait été piqué par un frelon le jour où il avait lancé une boule de pétanque dans le nid se trouvant dans un arbre creux au fond du jardin. Téméraire, il était allé chercher la boule avec ses propres mains. Trois jours à l'hôpital de Montauban, failli crever. Ouf. Il aurait pourtant voulu mourir là-bas, au milieu des bêtes et des gens. Voilà, il y mourrait, c'était dit. Il rappela sa sœur, lui parla de la maison de tante Berthe, se souvenait-elle ?

– Heureusement que oui, quand même. On paye des impôts locaux dans ce trou du cul du monde, je te rappelle.

– Justement, je crois moi que j'aimerais bien vivre dans ce trou, partir m'y installer.

– Tu plaisantes, j'espère. L'installation électrique date de 1946.

– Pas vraiment, non.

La bastide se trouvait sur la via Lemovicensis, ou « voie limousine » du pèlerinage de Saint-Jacques-de-Compostelle, qui part de Vézelay, passe par Bourges, traverse ce village, poursuit par les Pyrénées-Atlantiques. Le *Codex Calixtinus* traduit en 1938 sous le titre de *Guide du pèlerin* évoque l'endroit, éminence d'albâtre au-dessus des champs et des forêts, halte paisible pour le jacquet qui s'y ressource le temps d'une nuit. Rémy se figure cette étape comme un point de chute. Des marcheurs fatigués, comme lui, s'y reposent. Ces anonymes chemineurs veulent souvent « faire un point sur eux-mêmes » ou « trouver un sens à leur vie ». À la bonne heure, c'était ses frères. Les doutants. Qui était certain d'avoir été suffisamment vivant, qui pouvait s'en vanter. Qui avait eu une existence unifiée. Qui jamais déchu ?

S'organiserait sa vie comme réduite avant l'heure, pour sa plus grande joie et dans la recherche d'un dépouillement monastique. Il n'aurait cure de voir filer ses économies, il vivrait comme un rentier qui n'en était pas un. Mangerait les légumes de son jardin. Ferait des économies de mousse à raser et même de déodorant, deviendrait un vieux qui pue. Ce n'était même pas un style que Rémy se donnerait. Il tenterait juste de comprendre pourquoi, souhaitant le raffinement, nous nous vautrions tous à ce point dans l'immondice. Qui était vraiment celui qui sentait bon ou celui qui pensait, ressentait vrai ? Qui sentait bon la vérité ? Rémy tenterait d'être un homme debout. Comment devient-on un homme qui marche ? En cessant de se vautrer dans les pages des journaux, dans le corps des femmes et jusque dans leur cœur. Et sur la terre, qui aurait voulu nous voir, comme notre propre mère se l'était figuré, debout, digne, ému et droit. Un homme.

Un samedi matin, il quitta la capitale. Il n'avait pas mis grand-chose dans le coffre de sa voiture. Ses vêtements préférés, pas forcément les costumes qu'il revêtait les jours de promotion télévisuelle. Pas forcément, mais des fringues qui lui allaient au teint, un peu trouées, un peu vieilles, un peu significatives. Telle ou telle écharpe offerte par sa gardienne d'immeuble. Un pantalon moche qu'il aimait bien porter quand il ne voyait personne, pas frais, un peu court. « Le feu au plancher », comme disait sa mère. Des T-shirts dont il appréciait la matière douce et délavée. Une veste en velours côtelé absolument démodée. Des Paraboot (on ne faisait pas pire, mais oui, il aimait les Paraboot nom de nom). Le seul livre qu'il emporta avec lui fut *Le Livre de l'intranquillité* de Bernardo Soares, par Fernando Pessoa.

Récemment enquis des systèmes d'écriture compliqués, du boustrophédon, des siècles sans imprimerie ni numérisation, il quitta Paris sans ordinateur, avec des rames de papier à ne plus voir dans le rétroviseur. Il fallait tenir un stylo, crisper sa main à remplir des feuilles, raturer, griffonner des flèches, coller des petits papiers en raccords, se sentir à l'aise sur les pages jusque dans leurs extensions, leurs sculptures en forme de nid de guêpes, d'accordéon ou d'avion d'écolier. Travailler la fausse simplicité d'une phrase ou l'autre, élaguée à loisir pour paraître si naturellement sublime. Tout finissait par s'emboîter d'un puzzle alors que tout, au début, préfigurait la guerre civile entre les personnages du premier chapitre et ceux du dernier. Les subordonnées et les asyndètes. Le canevas général et quelques lyriques mais non moins nécessaires excès de fièvre. Calcifiée, haletante, la feuille qui survivrait. Mais encore surligner rose, jaune, ce qui comptait. Barrer ou crocheter, lier, relier. Retirer la poussière. Physiquement, le début du livre prendrait la poussière, soumis à l'épreuve du temps, des décisions, du délaissement. Souffler, le retrouver intact, le fils prodigue. L'encre changerait de couleur à cause du soleil, passerait du noir au rouge pâle. Écrire n'était rien d'autre qu'un acte physique, d'amour. Rémy prendrait soin du monde en friche en chérissant ses feuilles. Il déplierait le monde, le recollerait, le recalerait. La colère pourrait l'amener à en sacrifier quelques-unes, ou la honte. Les feuilles condamnées échoueraient alors au bûcher. Il regarderait les flammes ronger les mauvaises lignes, les mots avalés, chauds, fondants. Poussière. Écrire n'était plus, comme à ses débuts, « écrrrire ». Écrire ne tenait à rien, mais il donnerait tout pour écrire.

✶ L'ÉCRITURE, CE N'EST QU'UN AUTRE MONDE VIRTUEL

Ce fut un samedi d'octobre déjà givré, frais comme la stérilisation morale requise, la ballade sans retour vers la mort. Il voulut sa propre mort, mais c'était le contraire du suicide. Dans le jeu du tarot avec lequel il tirait les cartes à ses poupées d'antan, la carte de la mort impressionnait beaucoup. C'était une faucheuse du meilleur goût, toutes options, scarifiante comme sa faux. « T'inquiète pas chérie, la mort ça veut dire la résurrection », elles étaient rassurées mais pas tout à fait convaincues. Faute de la prodiguer, il suggérait : « Tu vas vivre un événement important qui va te retourner un peu. La carte de la mort indique que tu vas t'en remettre, mais avant cela tu vas prendre un autre chemin. Ce n'est pas *grave*, c'est juste la vie comme elle vient. Tu as déjà changé d'avis ? Bon ben tu vois, c'est pas si difficile à vivre. Trésor, tu t'en sortiras. » Bien sûr, sur le moment, il s'amusait, n'en croyait pas un mot. Mais c'était bon qu'elle le crût. Bon sans doute qu'elle se crût aimée quand il la baisait, et qu'elle lui dise « je t'aime, ne me quitte pas ». C'était bon de chercher la vérité jusque dans le mensonge. Il n'avait jamais su pourquoi, au milieu du vomi, il avait été bon de vouloir trouver la sortie, ou de faire semblant de vouloir trouver la sortie. Comme si jusque dans la comédie singulière qu'il se jouait à lui-même, et aux autres avec le plus grand désespoir, il avait fallu trouver bon d'être meilleur, d'être vivant, d'être sauvé. Et d'être aimé. Tu vas changer, mais ce n'est pas grave. C'est bon.

Le jour où je m'étais présenté pour négocier mon licenciement, j'avais assisté à une curieuse conversation. Alors que j'attendais que le colonel me reçoive, deux juniors rigolaient dans le couloir sans me prêter la moindre attention.

– Je t'assure que je l'aurai. Cette fille, je l'aurai dans mon lit avant la fin de l'année.

– Même pas en rêve, Matthieu, au paradis à la rigueur.

– Tu rigoles, au paradis ? Mais au paradis tu baises personne ! C'est pas un lieu très sexuel ça, le paradis.

– En enfer alors ? Ha, ha.

– En enfer, exactement ! C'est en enfer qu'on retrouve les putes et les maquereaux, les rock stars droguées, les dictateurs et les poètes maudits. Non seulement y a du sexe, mais encore du niveau intellectuel, en enfer. C'est sur terre que l'Église fait de la pub pour le paradis et met en garde contre l'enfer. Résultat, ça produit l'effet inverse. Tu t'es jamais demandé pourquoi il y avait plus de monde en enfer qu'au paradis ?

— Ça, c'est pas prouvé. Tu dis n'importe quoi.

— Ce serait pas étonnant, quand même : tu crois que ça amuse qui, de prier toute la journée ? Personnellement, je préfère me cuiter avec Attila que discuter favelas avec mère Teresa. Chacun son truc mais bon, si tu demandais aux gens, ils seraient d'accord avec moi.

Leurs voix résonnaient. Ils étaient descendus devant le sas de la porte d'entrée mais je les entendais encore, depuis le premier étage. Je les entendais comme si j'étais tout près. Je les touchais presque. J'allais m'effondrer. J'étais à deux doigts. J'aurais pu courir partout dans les couloirs, ça me serait toujours parvenu aux oreilles.

— Alors, pourquoi on dit que c'est mieux d'aller au paradis, que l'enfer c'est l'enfer ? Au paradis, crois-moi, il faut avoir envie de s'emmerder ! Tu tournes en rond. Tu as quoi, Dieu, la Vierge, les saints, les saintes ? Les saintes, tu ne peux pas les toucher, idem la Vierge. Tu fais quoi, quand tu as fini d'adorer Dieu ? Tu dors dans les nuages, mais attention à pas rigoler trop fort, hein, t'as pas le droit de te moquer de quelqu'un !

Au paradis, t'as pas de moyen de t'éclater. Le paradis, c'est l'enfer ! L'enfer, tu m'entends ?

C'était juste avant de pénétrer dans l'arène, dans le bureau du chef des seniors. Je leur avais expliqué que j'étais tombé d'accord avec leur lettre recommandée, que ça ne me posait aucun problème de m'en aller dans l'immédiat, mais que je ne comptais pas partir sans rien quand même. Théodore Zami, auquel on avait assigné le rôle de médiateur, m'avait simplement demandé de lui rendre les clés de mon bureau, en précisant qu'il était au courant de ma consultation régulière de http://www.fool-sentimental.blogofox.net. Cela m'avait fait une belle jambe et je ne le lui avais pas caché. Ils avaient prévu un montant d'indemnité de départ honorable. « La ramène pas, Valérien. Ce qu'on t'offre, c'est le paradis. Le paradis sur terre. »

En rentrant chez moi, j'avais précipitamment allumé l'ordinateur. Sur le moteur de recherche, inscrit le mot « paradis ». De définitions mythiques en lieux de villégiature, j'avais gravité, sur l'espace de trois pages, au sein de ce qui le constituait. Il n'était pas question de Dieu mais d'éden touristique et du patronyme d'une chanteuse populaire. Du paradis fiscal, théorisé par Papa, et de séjours en couple à Papeete. Du *Paradis des marques*, complexe de déstockage proposant toute l'année les collections précédentes de plus de cent vingt enseignes, à prix malins. Du *Camping du paradis*. Du *Paradis blanc*, restaurant tibétain. Du *Paradis tropical*, restaurant antillais. Du *Paradis des rockeurs*, disquaire à Besançon. D'un bar gay lounge, le *Paradis club*. « La mer Rouge est un paradis pour les plongeurs car les fonds marins y sont exceptionnels », avait affirmé Sophie dans sa vidéo de ShowRoom. Et c'était encore oublier la newsletter que je recevais, la *Paradise list*, qui me proposait trois fois par semaine des astuces conso à tarifs irrésistibles. Et j'étais « libre de cliquer », mais pourtant pas libre tout court. Je pouvais, si je le voulais, me désabonner de la liste de diffusion. Un visuel élégant, un template ergonomique, un frame en *Flash* dans les blanc crème, sur lequel on distinguait des caractères d'imprimerie dans une typographie sobre et émouvante, à la fois moderne et vintage, raisonnable et fun, les lettres CLIQUEZ. Nulle part je n'avais trouvé le paradis. Le paradis brillait, brillait par son absence. Il était juste la face cachée de l'enfer.

Sans cesse, des années durant, je m'étais figuré le voyage de noces de mes parents à Istanbul comme ce qu'il pourrait être. Nous avions l'album de photos à la maison. Sophie et moi passions en secret notre temps le nez collé dedans. Il est fascinant pour des enfants d'observer leurs parents qui ne le sont pas encore. À présent, plus personne n'en veut. Il gît boulevard Pereire, dans cet appartement familial où le temps s'est arrêté, que les occupants ont déserté pour mieux oublier leur appartenance à une même famille. Je vais aller le chercher et le rapporter chez moi, cet album. Palais du Bardo, parc sous le parc, tunnel insoupçonnable. Je voudrais revoir ce qui m'a échappé et ce à quoi nous avons tous échappé, le bonheur chu et déchu. L'idée qu'on se fait du bonheur est trompeuse si on le confond avec la vie. On préférera l'existence par procuration sur réseau virtuel. Le paradis perdu comme faire-valoir des plaintes, la douleur notre respiration. Comme nous renonçons à souffrir, respirer n'est plus de notre fait.

C'est bien avant l'invention du numérique qu'ont été prises ces photographies. Beaucoup ne sont pas cadrées comme il le faudrait, un argentique n'autorisant pas la seconde chance. Papa et Maman ont l'air heureux et surpris de l'être. Ce qui frappe c'est que la sensualité ne transparaît jamais, seulement l'amour. Or on se fait cette idée-là de l'amour de ses parents. C'est chevaleresque et discret, comme ils savaient l'être quand nous étions une famille. Certaines prises de vue ont jauni et d'autres étrangement rosi. Leurs vêtements ont maintenant disparu, brûlés, portés par des inconnus, rapiécés à l'autre bout de la terre.

[note marginale : ON N'A PLUS BESOIN DE RESPIRER]

La mondialisation a fait naître d'improbables filières aux noms d'organisations humanitaires, de banditisme, d'entreprises de récupération. Le développement durable célèbre la mort bien avant la réincarnation. Je me passe et me repasse sous les yeux les photos de cet album qui n'est pas en ligne, mes parents dans leur âge d'or, dans une Istanbul qui n'existe pas. Je pense les avoir jugés au rabais toute mon existence. Les clichés parlent d'eux-mêmes : mes parents sont ces héros de papier glacé exempts de pragmatisme, ils m'ont transmis toute leur mélancolie.

Istanbul est une séquence au passé simple, qui se déploie par à-coups secs, comme les petites stries d'un canif sur l'étendue placide des félicitations ou des cadeaux de mariage. *Il se passa* Istanbul, et rien ne fut pareil. Pour le restant de leurs jours, ils enfouirent leur douleur de n'y être pas restés en lévitation au-dessus du réel. Istanbul a dû revenir dans de nocturnes conversations cafardeuses, un reproche comme une gifle. Au retour, ils parlèrent de s'installer là-bas. Ils lancèrent une ancre imaginaire dans les turquoise du Bosphore, dans le ciel gris en coupole sur le quartier de Galata. Des rêves concrets de fuite éternelle, un planning de contemplateurs officiels, une programmation de l'exotisme, un quotidien lointain d'expression libre. L'Orient comme une seconde naissance leur aurait permis de ne jamais mourir. C'était pour revivre les débuts de l'existence, où la parole n'est encore que promise ; *infans*, comme autant de promesses de grandissement et d'éloquence. Un état muet qui prorogerait le désir d'être autres, espoir et ancre jetés de conserve dans la mer de Marmara. S'accrocher au souvenir du voyage leur donna mal au cœur et l'envie d'en geindre lorsqu'ils y repensèrent les yeux dans les flaques, à côté de Pont Cardinet. Maman n'en finit pas de se plaindre d'un futur compromis, et le narguilé au milieu du séjour sur le tapis d'Anatolie se mit peu à peu à ressembler à cette ancre, décorative, sans plus qu'aucun navire ne la projetât dans les turquoise.

Bientôt le voyage à Istanbul cessa d'être un coup de foudre ; dans leur souvenir, la chaleur n'accrocha plus les pupilles ; le soleil s'en dégagea comme une femme des mains d'un homme empressant. Ils avaient trop désiré l'ailleurs, négligé sa religiosité nécessaire. Ce voyage subit une dépigmentation indolore comme ils en avaient observé sur les mosaïques en visitant les églises les plus anciennes. Le rouge ternit et l'or partit en écailles. Sans histoire, mais l'écaillage portait son poids. Ils recueillirent ces fractions de bravoure qui leur avait un temps prouvé qu'ils voulaient vivre. L'amertume leur en fit constituer un amas de romantisme fragmentaire. Leur espérance fut un patchwork d'impressions et de choses anciennes qu'on travaille au corps pour les voir réapparaître dans l'insomnie comme antalgiques au vide. Un temps, les morceaux leur remplirent le ventre et pansèrent leurs aigreurs. Après quoi les pièces se resserrèrent entre elles lorsqu'ils se mirent trop souvent à penser à la mort. La tristesse faisait des taches de noir dans ce grand tapis ottoman mais, resserrées, les mailles leur tenaient chaud et ils ne faisaient presque plus de différence entre les impressions de bien-être, ces envies de magie solaire et le constat d'une désintégration. Le manteau devint immense à force d'entasser ces illusions perdues. Bientôt plus important qu'eux, il les recouvrit entièrement. C'est ainsi qu'ils avaient vieilli, en diminuant le poids de leur volonté devant l'étendue de leurs renoncements, en privilégiant le morcellement des féeries, en s'appliquant à recueillir l'arbitraire de leur dépouille. Maman bravait encore le temps perdu à coups de Pschitt orange. Papa était davantage, reconstitué, ce qu'il avait été ou voulu, que ce qu'il pouvait maintenant devenir ou espérer. Déjà, j'étais comme lui. J'étais lui. C'était moi, mais en abyme, abîmé.

Moi non plus, je n'ai pas voulu la vie. Je me suis appliqué à vouloir la photographie. J'ai longtemps liquidé le mythe du samedi soir, sacrifié aux promenades solitaires à l'heure où les autres parlent et s'amusent, écumé les artères du XVIIᵉ arrondissement, marcheur sur l'avenue des Ternes, un peu plus tard rue de Passy, sur le boulevard de Beauséjour, et tout dernièrement dans le XIVᵉ, au cimetière du Montparnasse et dans la petite rue Victor-Considerant dont le participe présent ajoute encore au désastre contemplatif, à l'ascèse et à la punition volontaire. J'ai longtemps cultivé l'éviction des heures conviviales, j'ai regardé les gens s'aimer, se croire. J'ai ouvert mes bras face aux murs, en grand mon imperméable là, pervers pour rien, exhibitionniste du vide offert au parpaing, au bitume, aux molles rangées de véhicules garés en épi, aux buxacées artificieux des petits squares de la place Denfert-Rochereau. Puis j'ai connu la nécropole souterraine des catacombes. J'ai pensé aux martyrs aux crânes aux pestes noires. À l'emmurement de l'histoire dans l'agitation du présent des villes, à ma propre sève handicapée dans des préoccupations logistiques, empêchée dans des activités professionnelles, aux chômages et aux trains de vie qui œuvraient pour ma désertion. L'alcool du vide puis la recherche du plein, sans l'atteindre, m'ont fait tourner de l'œil. C'était n'être que somnambule, narcoleptique peut-être. Ce n'était pas être vivant. Je n'ai rien cru ou personne, j'ai simplement aimé ma demeure hors la vie et la souffrance que ça faisait, cette joie souffrante malgré tout de s'en rendre compte.

Cela a duré un peu, c'est revenu par crises comme une épilepsie, une guerre à moi-même. Une carence directionnelle. Le trajet de l'autobus 63, ceux du 84 et du 88 me renvoient pourtant à la précision du chemin de croix que je m'étais dessiné dans ces quadrillages d'urbanisme et de fêtes perpétuelles. Cela s'est le plus souvent passé au printemps ou en été. J'ai régulièrement filmé ma non-vie, à l'aide de mon caméscope à zoom optique 35 × et zoom numérique 1000 ×, au fabuleux rendu d'un million de pixels. Passé des nuits sur mon ordinateur, à regarder les photos de celle des autres. Le lendemain dimanche je les retrouvais. Ces gens parlaient, s'aimaient et se croyaient. Le temps et le lieu ne comptaient pas. L'existence non plus. Y être, en être, faire, rire, faire rire, boire comptaient pour vivre. J'imaginais quel effroi ç'aurait été pour mon père de connaître la marche de mes activités, la capacité de mon rayonnement. Le goût de ma trempe. J'avais attendu d'être adulte pour respirer de toute la tristesse qui sied aux vieillards et aux fous.

Je crois pourtant n'avoir jamais rien appris sur moi pendant mes promenades. J'ai traîné mon ennui sur des avenues blanches, le long de murs d'hôpitaux ; pleuré sans pleur et crié sans écho ; prié sans Dieu ; je n'ai conduit personne, je n'ai compris personne, je n'ai voulu personne, je n'ai condamné personne. Je n'ai pas vieilli. J'ai assisté au théâtre du monde sans parvenir à m'en dégoûter pleinement, l'enfer comme le paradis tenus à distance. Je n'ai pas réussi à me détruire comme je le voulais, à ne plus aimer la vie ou à l'aimer intensément. <u>Cette fièvre je l'aurais désirée de mon sang. Cet amour ou cette haine, je ne les possédais pas.</u>

Pour l'éditeur, le principe est d'utiliser des papiers composés de fibres naturelles, renouvelables, recyclables et fabriquées à partir de bois issus de forêts qui adoptent un système d'aménagement durable.
En outre, l'éditeur attend de ses fournisseurs de papier qu'ils s'inscrivent dans une démarche de certification environnementale reconnue.

*Ce volume a été composé
par PCA à Rezé (Loire-Atlantique)
et achevé d'imprimer en février 2012
sur Roto-Page
par l'Imprimerie Floch
à Mayenne
pour le compte des Éditions Stock
31, rue de Fleurus, 75006 Paris*

Imprimé en France

Dépôt légal : février 2012
N° d'édition : 02 – N° d'impression : 81869
54-51-9080/0